Pauline

Quenneville

LA VÉRITÉ ?

Order this book online at www.trafford.com
or email orders@trafford.com

Most Trafford titles are also available at major online book retailers.

Note for Librarians: A cataloguing record for this book is available from Library and Archives Canada at www.collectionscanada.ca/amicus/index-e.html

Printed in Victoria, BC, Canada.

ISBN: 978-1-4251-8807-8 (sc)

Our mission is to efficiently provide the world's finest, most comprehensive book publishing service, enabling every author to experience success. To find out how to publish your book, your way, and have it available worldwide, visit us online at www.trafford.com

Trafford rev. 7/29/2009

www.trafford.com

North America & international
toll-free: 1 888 232 4444 (USA & Canada)
phone: 250 383 6864 • fax: 812 355 4082

LA VÉRITÉ ? est une œuvre de fiction. Les noms, les personnages, les lieux, et les évènements sont le fruit de l'imagination de l'auteur ou utilisés fictivement. Toutes ressemblances avec des personnes réelles, vivantes ou mortes, des établissements d'affaires, des évènements ou des lieux seraient pure coïncidence.

Même si le titre *La Vérité,* signifie « la réalité » ou « chose vraie » l'usage du point d'interrogation(?) signale qu'il y a possibilité d'erreur.

Merci à vous mes chers(es) lecteurs et lectrices, mes amis(es) et à ma famille qui m'ont encouragée à écrire et surtout à finir ce livre.

Ce livre, je le dédie à mon époux Raymond, mon confident et précieux ami. Merci à toi qui m'as aidée à retrouver la joie de vivre dans ce monde merveilleux.

Aussi par Pauline Quenneville:

Vérité ?

Alert (à venir)

Traduit de l'anglais par

Hélène Cloutier-Turcot-Perreault

Dactylographié par

Renée Marenger

Prologue

Seule… Après douze années de vie commune avec l'homme. Je lui avais tout donné; mon cœur, ma vie, mon âme. Maintenant… je me retrouve … seule.

Notre vie était un continuel carrousel de plaisirs qui débutaient le vendredi soir pour se terminer que le dimanche après–midi, à temps pour reprendre le travail du lundi matin.

Maintenant je me retrouvais seule et inquiète. Tout était changé, même ma ville n'était plus la même. Je la percevais d'un œil différent. J'y voyais des millions de lumières dont aucune n'était familière. Mon plan d'action était de l'attraper sur le fait, de prouver que ce n'était pas une hallucination de ma part mais que je savais qu'il me trompait. De là, la preuve évidente! Voilà! J'étais justifiée! Et puis après ?... À quel moment le début de ce mauvais tournant de ma vie; de ma descente aux enfers?

Je me rappelle si bien le début de ma vie d'adulte; comme si c'était hier que je quittais mon foyer familial...

Chapitre 1

«Tu es trop jeune pour partir!» Mais ... J'ai dix-huit ans! Je fais ce que je veux. Je ne retourne plus à l'école. Ashley dit que je peux demeurer avec elle pendant que je me trouve un emploi et c'est exactement ce que je vais faire!

A l'instant, je ramassai ma valise et sans regarder en arrière, je passai la porte. Ma sœur Ashley m'attendait, prête à filer. J'entendis alors maman crier «Deux semaines! Si elle ne trouve pas de travail tu me la ramènes aussitôt... deux semaines!»

Maman Délia était la meneuse de notre nœud familial. De taille moyenne, elle avait les cheveux bruns. Sa voix, habituellement modérée, ne s'élevait que pour faire appliquer une ordonnance ou attirer notre attention. Et comme j'étais la dernière à m'envoler du nid, ce n'était pas facile pour elle à accepter. Elle n'était pas prête pour le grand chambardement que cela imposerait dans sa vie. Tous les «enfants» partis, que lui restait-il à faire? Inutile de vous dire que ma décision de ne pas retourner à l'école après ma graduation ne lui avait pas souri, car après tout, j'étais encore son «bébé».

Je n'avais pas eu la permission d'assister à mon bal de graduation. La raison première, j'étais trop jeune pour aller danser. Deuxièmement, me rendre à Sturgeon Falls, une distance de trente milles en auto, seulement pour une danse c'était impensable. Et revenir si tard?... C'était bien de faire ce trajet tous les jours de la semaine pour mes classes mais pas pour aller m'amuser. Non! Même pas pour ma graduation. Fin des discussions!

Je passai mes vacances d'été à sortir autour avec mes amis, des voisins depuis longtemps. La majorité d'entre eux retournaient à l'école en septembre pour suivre leurs études dans leur carrière choisie. Mon problème à moi était que je n'avais aucune idée de ce que je voulais faire du reste de ma vie. Ma grande amie Lorette entrait à l'école normale pour se diriger dans l'enseignement; Alfred rejoignait les forces canadiennes; Colleen avait choisi l'école de médicine et Bernard s'associait avec son père. Chacun semblait avoir trouvé son chemin pour l'avenir, ce qui s'annonçait très prometteur pour chacun d'eux.

Mon père lui, désirait me voir suivre les traces de mes sœurs, mais je ne me voyais pas entrain d'enseigner à ces enfants têtus, impolis et bavards. En plus, le Taureau (signe zodiaque) qui s'affirmait en moi ne me permettait aucune dictature. En effet, j'étais une jeune fille particulièrement entêtée.

J'étais la cadette d'une famille de cinq filles et mes parents étaient très fiers: déjà on y comptait trois professeurs et une garde-malade.

Une grande satisfaction pour une famille dont le seul moyen de survie était les produits d'une modeste ferme et ce que papa rapportait en faisant la chasse à la trappe dans le petit village de St Charles en Ontario. Ce village, petit hameau agricole, était situé à environ une heure de la ville de Sudbury, «la ville capitale du nickel». Le réseau de cable de télévision n'existait même pas encore à St Charles.

Nous étions mi-août et mes plans étaient de me trouver un emploi à Sudbury. Même si on n'y comptait qu'un taux de population de 50,000 personnes, pour moi, Sudbury était une très grande ville.

Si par contre je ne réussissais pas à trouver un emploi, il serait encore possible de retourner à mes études sans trop de retard, même si j'y allais à reculons. Rester à l'école secondaire encore une autre année, avant de m'inscrire à l'école des sciences dans le but d'enseigner, était le plan de ma mère, non le mien.

A l'insu de maman, ma sœur Ashley et moi étions complices. Je resterais chez elle jusqu'au temps òu j'aurais mon nouvel emploi. En plus, elle devait venir me chercher pour me ramener en ville vu qu'elle demeurait déjà à Sudbury et moi, à St Charles.

Ashley avait quitté le foyer six ans avant moi. A l'âge de dix-huit ans, elle avait rencontré son unique et seul amour à l'école secondaire et ce devait être l'amour de sa vie. Ils s'épousaient à la fin de ses études au collège des sciences de cette année là.

Ashley n'avait connu qu'un homme dans sa vie. Maman la considérait trop jeune pour avoir de longues fréquentations. N'ayant jamais eu de grands frères sur qui compter, c'était très difficile pour mes sœurs et moi de sortir seules. Et, du fait que nous vivions en campagne rendait encore la chose plus difficile.

Quelle chance pour Ashley d'avoir rencontré Laurent , un homme distingué, beau, aux cheveux blonds, un homme gentil et aimable qui ne levait jamais la voix. Ashley, belle, jeune femme aussi aux cheveus blonds, aimait comme maman, être en contrôle des événements.

Une heure de voiture de la ville me semblait interminable. Enfin nous y étions!

J'avais toujours un air impressionné devant leur belle maison située en banlieue de Sudbury sur le chemin du lac Ramsey: lieu tranquille et très relaxant. Les services d'autobus à proximité donnaient un accès facile pour se rendre à l'université Laurentienne et centre ville. A l'entrée de cette grande demeure, assis sur leur piédestal, y trônaient deux gros lions qui semblaient scruter les allées et venues de tout et chacun qui osait déranger la douce paix qui régnait autour de ce magnifique domaine.

Cette large structure de briques s'ouvrait sur une vue splendide du lac. A travers plusieurs panneaux de fenêtres en saillie, la chaleur du soleil pénétrait et réchauffait la salle à dîner et une partie de la grande cuisine. Ma sœur avait aussi le «pouce–vert.» C'était évident. De vastes parterres de fleurs variées entouraient la maison. Une balançoire, camouflée dans le feuillage des arbres près de la cabine de plage était le seul indice qu'un enfant devait également habiter ici.

A notre arrivée, Laurent nous attendait accompagné de Mia. Dans mon empressement de partir de chez-nous, j'avais oublié qu'il me faudrait supporter Mia.

Ashley et Laurent adoraient leur petite fille. Enfant unique, elle était gâtée par son père mais terrorisée par sa mère qui la surprotégeait. Mia se devait d'être parfaite ce qui expliquait qu'à l'âge de quatre ans, elle présentait déjà des signes de rébellion.

Mia avait de longs cheveux fins et blonds. Ses grands yeux bleus auraient été si attrayants n'eut été pour son nez droit qui dominait ses minces lèvres. A son visage pâle, on aurait crû qu'elle était malade et pour moi, elle était pitoyablement frêle tout le temps, mais elle n'était qu'une enfant qui aurait tout le temps pour se transformer en une belle princesse. Comme j'étais la plus jeune de ma famille et que nulle autre de mes sœurs n'était de mon âge, c'était très difficile pour moi de comprendre le comportement des enfants en général. Pourquoi est ce qu'Ashley ne pourrait-elle pas faire obéir cette enfant? Cela me dépassait. Pourtant ce n'était pas par manque d'effort de sa part.

Pour Ashley, un enfant pouvait être vu mais non entendu; ce qui voulait dire que Mia devait toujours être docile, humble et malgré tout, toujours très propre. Jamais Mia était permise de courir follement, de crier, et c'était l'enfer à payer si elle n'écoutait pas, ou si elle agissait en tout comme l'enfant qu'elle était … Malgré les recommandations de sa mère, elle était là dans la cour à faire des gâteaux de boue pendant que papa avait la charge de la surveiller.

Arrivant en trombe avec l'auto, Ashley aperçut Mia, écrasa les freins, gara l'auto en parc et s'élança vers sa fille. Mia instantanément se mit à trembler, ses grands yeux bleus se tournèrent vers son père et revinrent aussitôt vers sa mère qui approchait.

Ashley regarda Laurent d'un air accusateur: «Comment as-tu pu la laisser se salir comme ça? Comment est–ce que je vais pouvoir enlever toutes ces tâches. Tu ne peux même pas la surveiller correctement pour une heure?»

Laurent se retourna simplement sans répliquer. Il avait appris que de se taire et d'attendre que la poussière retombe éviterait un terrible argument et mettrait fin au conflit. Il restait toujours l'homme à la voix douce et au caractère soumis.

Et voilà comment se passèrent mes premiers instants dans la grande ville.

Mia hurlait pendant que sa mère l'entraînait vers la chambre de bain. Je suivis tout bonnement et attendis, valise en main.

Pendant qu'Ashley s'affairait à nettoyer Mia, je me mis à admirer ce bel escalier en spiral qui menait aux chambres à coucher. Je m'imaginais, vêtue d'une longue robe, descendant ces marches qui m'amenaient vers un charmant prince. Dans mon imaginaire, il tendait les bras vers moi pour m'introduire dans ce magnifique salon orné de chêne verni, avec de superbes chandeliers qui illuminaient toute la pièce. Dans un coin, un fauteuil circulaire couvert de cuivre entourait un gros appareil téléviseur dernier cri.

La voix d'Ashley me sortit subitement de ma rêverie et elle me montra ma chambre.

Revenue sur terre, je ne pu m'empêcher de penser que peut-être avais-je fait erreur en venant ici et que le seul moyen pour moi de survivre était de me trouver un emploi d'ici deux semaines ou de simplement retourner chez-nous.

Une autre de mes priorités était de me trouver un logement, vu que les enfants et moi ne faisons pas bon ménage et je ne voulais pas abuser de la bonté des autres.

Laurent était le contre-maître d'une firme d'entretien paysagiste et ma sœur était enseignante à l'école élémentaire, ce qui expliquait leur bien-être.

J'avais choisi de prendre un an hors de l'école et n'ayant aucune idée de ce que je voulais faire de ma vie, il devenait impératif pour moi de trouver un emploi, ce qui règlerait mon problème immédiat. Avec un emploi venait le salaire qui assurerait ma sécurité et mon indépendance, aussi l'espoir de bientôt avoir mon propre chez-nous. Alors, avec mon diplôme en main! .. en route, en avant!

Chapitre 2

En 1967, trouver un emploi n'était pas difficile. Je cherchai pendant deux jours. Je vérifiais chaque annonce des journaux tous les jours et je laissais une formule de demande d'emploi dans différentes entreprises et dans différents commerces. Finalement je reçus une offre d'emploi du nettoyeur Levis. Dans un élan j'ai accepté l'emploi. Laurent et Ashley étaient vraiment en désaccord avec moi.

«Tu peux trouver mieux que ça,» me dit Laurent en essayant de me convaincre d'attendre encore un peu.

«Mais j'ai besoin de travailler et ils m'offrent trente cinq dollars par semaine!» dis-je. Mais comme je respectais l'opinion de Laurent je néanmoins téléphonais au nettoyeur Levis pour les aviser que j'avais changé d'idée.

Ma recherche d'emploi se continuait.

La semaine suivante et avec l'entière approbation de mon beau frère, j'acceptais d'aller travailler pour la compagnie de Bell Canada comme opératrice aux appels interurbains.

Maintenant je pouvais me payer un appartement. Quel défi! Les loyers étant rares, je dus me contenter d'une petite chambre carrée meublée d'un lit et d'un bureau avec un miroir. Quand je n'étais pas debout devant mon miroir, j'étais assise sur mon lit, car c'était la seule espace libre dans mon cube de douze par douze.

La porte d'entrée de ma chambre ouvrait seulement à l'arrière de cette maison. Le soir j'avais peur de marcher de l'avant à l'arrière jusqu'à ma porte, car ce trajet n'était pas éclairé. Seulement une faible lumière se trouvait au-dessus de ma porte.

Madame Pratt, la gentille propriétaire, était dans la cinquantaine avancée avec un caractère jovial et indifférent. Elle possédait un beau chat obèse nommé Curly qui me faisait sursauter chaque fois que je revenais de l'ouvrage passé minuit. Il sautait de nul part juste à mes pieds pour demander asile après sa soirée passée à vagabonder partout.

Malgré que je détestais arriver après la noirceur, le jour c'était tout autrement. Mon entrée donnait sur une belle grande cour très attrayante et complètement entourée de rosiers très odorants. Une jolie balançoire antique trônait au milieu de ce décor bien entretenu.

Tout de même je pouvais marcher pour me rendre à mon travail. Tout allait bien pour moi. Je n'avais plus à endurer les pleurs ni les crises de Mia. J'étais chez-moi! Je pouvais imiter Mary Tyler Moore et lancer mon chapeau en l'air et crier au monde entier… que j'avais réussi!

Chapitre 3

Peu de temps après que je fus installée dans mon petit local, j'eus connaissance d'un magnifique Don Juan qui habitait tout près de chez moi. Je l'avais remarqué du premier coup d'œil alors qu'il quittait sa chambre. Et de cet instant même ce portrait charmant resta incrusté dans ma mémoire.

Ce dieu devait mesurer au moins six pieds. Son large torse musclé devenait très évident sous son beau pantalon noir ajusté et son gilet polo. Quel contraste avec ses yeux cristallins, ses cheveux noirs et sa moustache à la Charlot. Une image inoubliable!

Par madame Pratt je sus que son nom était Justin Lambert et qu'il travaillait pour Jesters International. Je ne connaissais aucun ingénieur. Bien que son métier n'impressionnait j'étais surtout attirée comme un clavier muet devant ce canon de beauté.

Cette même journée, Justin s'approcha de moi et s'introduisit avec son air macho; «Hey bonjour, là» me dit-il en s'appuyant contre la porte. Je le regardai bouche-bée. Ses beaux yeux semblaient refléter cette douce tinte de bleu et ses cheveux d'un noir de jais devenaient trop pour moi à supporter.

«Je me nomme Justin, et toi?» demande -t-il en me tendant amicalement la main.

«Je suis Monique» je lui répondus en étant toute fois consciente que je devais refermer ma bouche restée grande ouverte d'admiration.

«Enchantée de faire ta connaissance chère demoiselle.» Sur ce, il me serra la main et s'en retourna tout bonnement, me laissant là comme une marionnette. Mon cœur palpitait et mes genoux tremblaient. Je ne me rappelais même plus ce qu'il m'avait dit.

De là, je l'aurais suivi n'importe où. Pour la première fois de ma vie, j'étais en amour. Comme je n'avais jamais sorti avec un homme, comment est-ce que je pouvais alors savoir que j'étais en amour? Cela me dépassait.

Mais, aussi ridicule que cela pouvait le sembler, j'en étais amoureusement folle!

Je m'habituais lentement à mon entourage. Je me sentais parfois comme un poisson hors de l'eau. Quand je sortais seule, j'avais une frousse terrible de me perdre. Alors, ma routine journalière consistait de marcher à mon travail et de retourner aussitôt à ma chambre. Je commençais vraiment à m'ennuyer. Ce n'était pas ce que je m'étais imaginé comme vie une fois seule sans gouvernail et laissée à moi-même.

Ma vie était simplement une existence. Où était la fantaisie que je cherchais?

Les semaines se succédèrent et enfin je recevais mon premier salaire. J'étais toute excitée! J'avais envisagé de faire l'achat de quelques vêtements nouveaux et aussi peut-être regarder pour un logis plus grand où je n'aurais pas à m'asseoir sur mon lit pour regarder la télé.

Quand j'ouvris mon bordereau et vis le montant net qu'il me restait, c'était loin du montant total de cinquante-cinq dollars par semaine que je m'étais imaginé recevoir.

Je voulais pleurer tellement j'étais déçue! Je n'étais nullement au courant que je devais payer de l'impôt, le plan de pension et aussi tous ces bénéfices d'un plan médical de santé. J'entendais les gens qui parlaient souvent autour de moi de ces retraits qu'on leur enlevait pour bénéfices de-ci, de-ça mais pas pour moi, là où j'avais tant besoin de tous mes sous. Plus tard oui. Peut-être? Quelle différence entre le montant gagné et celui de revient!

Comme je voulais garder une attitude positive, je décidai de remettre à plus tard mes achats. Ça viendra, mais pas pour le moment. Mais en attendant, je pouvais rêver. Rêver surtout à ce prince charmant qui était mon voisin. J'espérais tous les jours qu'il m'inviterait à une sortie, mais aussi, je me sentais toujours indigne d'avoir affaire à un tel homme.

Chapitre 4

Quelques semaines passèrent avant que Justin m'invite à sortir. Je voulais vraiment y aller mais je travaillais jusqu'à minuit ce soir-là. J'acceptai quand même et Justin devait me rencontrer devant la porte de Bell après mon travail. Je préférais beaucoup ce poste de nuit car Ma Bell nous procurait un taxi gratuit qui nous ramenait chez-nous.

Ce furent des heures interminables de travail tant j'avais hâte de sortir enfin avec Justin!

Enfin libre, dehors mon taxi m'attendait, mais aucun signe de présence de Justin. Quoi faire? Laisser aller le taxi et attendre pour lui? Si tard, seul le soir dans ces rues désertes, me donnait la chair de poule. Alors, sans prendre la peine d'y penser plus longtemps et la peur s'emparant de moi, je pris le taxi. Quelle déception! Pourquoi n'était-il pas au rendez-vous?

Je rentrai chez-moi. Après m'être lavée je me couchai. Juste à ce moment quelqu'un frappait à ma porte. Je courus l'ouvrir. Et sans prendre le temps de m'expliquer son retard, il poussa grande ouverte la porte et s'introduisit vitement. Je réalisai alors, qu'il était fâché et un peu intoxiqué.

«Tu te penses trop bonne pour moi, n'est-ce pas Monique?» me dit-il en fermant et verrouillant la porte. J'étais épouvantée!

«Qu'est-ce qui te prends? Tu n'étais pas au rendez-vous, mon taxi m'attendait, la route était déserte et noire en ce temps de la nuit alors je ne vis aucun autre alternative que de prendre mon taxi et m'en revenir chez-moi. Tu es ivre! Sors d'ici» lui criai-je.

«Jamais ! Je t'ai attendu, mais tu m'as fait faux bond et je n'accepte pas ça de personne, tu m'entends!»

Là, plantée devant lui, mon petit pyjama Barbie Doll m'offrait aucune protection. Il me poussa brusquement sur le lit. Non, Non! Ce n'était pas ce qui m'arrivait. Non, pas à moi! Et me couvrant rudement la bouche de sa main il me lança.

«Tu ne dis rien! Tu ne veux pas qu'on te renvoit d'ici, non?» Vainement j'essayai de l'arrêter. Je ne pouvais parler alors que ses mains par gestes déterminés s'acharnaient à m'arracher mes vêtements.

On me violait et je n'y pouvais rien. Et c'était ma première fois. C'était le contraire de ce que, je m'étais imaginé. Je m'étais imaginé que ce serait doux, plein d'amour. Oh, maman j'ai besoin de toi. J'ai peur. Toi qui m'avais toujours protégée des choses comme ça, où es-tu? Pourtant tu m'avais avertie, tu m'avais prévenue!

Et là, après ce qui m'était paru une éternité, il se leva enfin et sortit sans même me dire un mot.

Je demeurai là étendue, incapable de bouger, sans m'inquiéter que la porte ne soit pas fermée à clé, tellement secouée, à me demander si tout cela était vrai.

Peut-être que ce n'était qu'un rêve. Un cauchemar serait plus facile à oublier. Et sur les petites heures du matin, sûrement je dus avoir tombé endormi, car je m'éveillai subitement en douleur. Le sang sur mon drap en était la preuve. Je me sentis soudain envahie d'une grande tristesse. On m'avait belle et bien volé ma virginité, on m'avait violée.

Je voulais retourner à la maison, mais ma fierté m'en empêchait. Personne, non personne ne doit savoir. Ce sera mon secret.

Chapitre 5

Quelle naïveté! L'idée que je pouvais être enceinte ne m'était même pas venue en tête. Je partis pour mon travail comme d'habitude.

J'avais une amie là où je travaillais et tout était bien. Elle se nommait Nathalie. Elle était plus courte que moi, et avait les cheveux bruns coupés courts qui encadrait son visage. En regardant ces beaux yeux compatissants on y lisait beaucoup d'amour.

Nous prenions toujours notre dîner en tête à tête dans un petit restaurant tranquille, situé à quelques rues plus loin. Là, nous discutions des choses. Elle me renseignait sur toutes ces choses étranges dont je ne connaissais pas, ce qui faisait de moi la fille la plus naïve au monde. Assises à notre place habituelle nous discutions de-ci, et de-ça. Elle était toujours curieuse de savoir à quoi cela consistait d'être élevée sur une ferme. Mon expérience de la vie était tout autre que la sienne.

Mais aujourd'hui je m'achetai seulement un café et Nathalie s'aperçut vite de ma pâleur et de ma grande fatigue. «Serais-tu enceinte toi?» me demanda-t-elle.

«Non,» lui dis-je, mes menstruations, à chaque mois, m'ont toujours causé des problèmes d'accablement, dûs à des crampes et à de la fatigue les trois premiers jours, tout comme les nausées du matin.»

«Tu devrais consulter un médecin. Je ressentais les mêmes malaises et mon médecin me donna la pilule contraceptive. Depuis, je me sens tellement bien, en plus que je n'ai aucune crainte maintenant de me retrouver enceinte.»

Enceinte ? ? ? Pourquoi est-ce que je n'y ai pas pensé avant?

«Je n'ai pas de docteur.» lui dis je.

Nathalie me donna le nom de son médecin et une semaine après j'étais moi aussi sur la pilule. Dans ma malchance, j'avais été chanceuse. Que serait–il devenu de moi si j'eusse tombé enceinte ce malheureux soir-là?

Chapitre 6

Durant les semaines qui suivirent je vivais sans trop me faire remarquer; de ma chambre au travail.

De retour je verrouillais ma porte et me couchais sur mon lit sans faire le moindre bruit. Alors personne ne saurait si j'étais là où non.

Et l'été passa. La belle automne arriva timidement. Les belles journées étant rares, je décidai en ce bel après-midi de congé de m'asseoir au soleil et de lire ce bon livre acheté hier. Quel beau temps! Même que c'était difficile de me concentrer sur ma lecture.

Soudain, quelqu'un s'amenait vers moi. Je voulus m'enfuir mais Justin venait de m'apercevoir en tournant le coin. Je prétendus n'avoir rien vu ni entendu en continuant ma lecture.

«Bonjour Monique.» me dit-il. Le fait de l'ignorer ne donna aucun résultât car il vint et se planta droit devant moi. «Essaie-tu de m'éviter?»

Je levais les yeux ne pouvant comprendre comment il pouvait agir comme ça tout simplement, en m'abordant normalement comme si de rien n'était.

«Comment peux-tu t'adresser à moi tout bonnement comme ça.» lui dis-je.

«Et quoi?» il me dit. «Nous avons fait l'amour, et quoi? Me dis-tu que tu n'as pas aimé ça?»

Son ton arrogant me prit totalement au dépourvu. «Tu m'as violée mon bâtard»lui criai-je.

«Mais baisse la voix--- à moins que tu veules que madame la propriétaire apprenne que nous avons couché ensemble sous son toit. Avoue-le, tu en as joui autant que moi ou tu aurais crié, n'est-ce pas? Pourquoi n'as-tu pas appelé la police si c'était un viol?»

Je courus dans ma chambre en sécurisant ma porte. Je ne pouvais crier ce soir là, il avait sa grosse main sur ma bouche ! .. Il m'a violée!... Ensuite j'étais traumatisée au point ou je ne pouvais ni penser, ni bouger !

Comme je m'en voulais de n'avoir rien fait. Maintenant c'était trop tard. Qui me croira? Il était vraiment trop tard.

Et ma rage devint encore plus évidente car je réalisais comment il m'intimidait. J'étais éprise par son air d'audace, son regard séduisant. Il était devant moi, vêtu d'un T-shirt bleu qui semblait amplifier la couleur de ses yeux et ses beaux cheveux noirs rendaient sa belle physionomie si attirante! Son regard me faisait perdre tous mes moyens; toutes mes défenses. Il était le plus bel homme que je n'avais encore rencontré, et je savais qu'il suffirait qu'il me le demande et je le suivrais au bout du monde. Je m'en voulais de ne pouvoir renverser cette emprise qu'il avait sur moi. Quand nos regards se croisaient j'étais hypnotisée.

Je n'avais jamais invité Nathalie chez moi car j'étais gênée de la recevoir dans cette petite chambre.

Un bon soir elle me demanda de l'accompagner au bar. C'était une première pour moi. J'étais gênée, mais peut-être que ce serait bon. J'acceptais!

L'auto de Nathalie était un Volkswagen rouge, flambant neuf.

«Comment peux-tu te permettre cela?» je lui demandai. «Tu reçois le même salaire que moi.»

«Mes parents mon donné cette bagnole quand j'ai eu mes dix-huit ans.» me dit-elle.

Oh mais comme je l'enviais. Je ne savais même pas conduire.

Nous sommes entrées dans ce premier bar appelé « etal Horse» Un joli endroit où les cowboys et les cowgirls étaient vêtus de jeans serrées et portaient un chapeau Stetson.

Nathalie commanda à chacune de nous une «draft». Comme je n'aimais pas le goût de la bière, surement je ne me saoulerais pas.

Tous connaissaient Nathalie, et les commentaires encourageants nous arrivaient de tous côtés. Et ma jolie! Ma belle! Ma douce! Ma mignonne! Où étais-tu tout ce temps?...

Toute cette attention délicate et charmante à notre égard me réjouissait et me donnait beaucoup confiance en moi-même. Je voulais continuer. Après trois ou quatre places de la sorte je ne trouvais plus rien de différent. Elles se ressemblaient toutes avec leur dense fumée de cigarette, leur senteur forte de bière et de liqueur. Et c'est ce que Nathalie appelait «faire les bars». Nous avons terminé la veillée en conduisant autour de la ville, dans les petites rues, loin des policiers, car nous avions bu considérablement. Nathalie connaissait les autos des agents. Elle s'était déjà faite arrêter quelques fois et elle voulait éviter que ça se reproduise car elle ne voulait pas perdre son permis de conduire.

Et tranquillement, sans incidents fâcheux, Nathalie m'avait reconduite chez-moi. Son but avait été de me faire connaître la ville et comme elle me l'avait déjà dit, me déniaiser quelque peu. J'avais beaucoup aimé ma soirée.

Chapitre 7

La bâtisse où j'habitais comptait seulement deux chambres louables; la mienne et celle de Justin. Nous devions partager la même chambre de bain, très propre, qui n'avait qu'une douche et une petite armoire avec un miroir. On y voyait de jolis rideaux. Une petite fenêtre donnait sur l'étroite ruelle entre deux immeubles. La porte de Justin et la mienne n'étaient qu'à deux pieds l'une de l'autre. Si nos portes de chambre étaient ouvertes on entendait et on pouvait voir s'y l'un ou l'autre sortait de sa chambre ou de la chambre de bain, ce qui arriva un soir.

Comme je sortais pour prendre le petit passage, Justin se cabra devant moi.

«Je suis désolé pour l'autre soir.» me dit-il. Des mauvaises nouvelles m'ont rendu très irrité. On m'apprenait au téléphone qu'une de mes bonnes amies venait de mourir. Elle s'est suicidée. Alors, qu'en dis-tu? On oublie et on recommence comme bons amis?» me demande t-il, en tendant la main implorant le pardon.

Là, encore ses yeux me transperçaient comme une flèche de cupidon. Sans la moindre hésitation, nous faisions la paix.

Au touché de sa main, un frisson me parcourut comme un courant électrifié. Je sentis alors un vertige s'emparer de moi. J'étais devenue si fragile!

«Entre et viens prendre un verre de vin avec moi.» me demanda-t-il. «Nous laisserons la porte ouverte pour ne pas contrarier la Bonne Madame Pratt.» Était-ce possible que quelqu'un comme lui s'intéresse à moi?

Je me voyais de petite taille mais toujours bien mise tout simplement. La vie de campagne m'avait moulée ainsi. Sans penser aux conséquences, j'acceptai l'offre de Justin en le suivant, sans objections.

Justin avait une grande chambre munie d'une cuisine. On y voyait aussi une table et deux chaises. Dans le coin un évier et un miroir étaient entourés d'une armoire suspendue. Tout près, un téléviseur en noir et blanc communiquait les nouvelles locales. Le couvre-lit arborait très bien la couleur du tapis du plancher. Quel bon goût de décor! Sur le mur on pouvait y voir un garçon d'environ six ans accompagné de son chien.

Assis à la table, nous avons bu un verre de vin. Je n'étais pas habituée à boire car dans ma famille personne ne s'adonnait à aucune boisson alcoolique sauf mon père qui prenait sa bière de temps à autre avec des visiteurs.

Un peu nerveuse, je bus le premier verre assez vite, trop vite peut-être, alors quand je finis de boire le deuxième encore trop vite, une perturbation soudaine se fit sentir par tout mon corps. Je me levai rapidement et je filai à la chambre de bain. Je me lavai la figure à l'eau froide pour essayer de reprendre le plus rapidement possible le bon sens de ma raison.

Après quelques minutes je sortis, dis aurevoir et merci à Justin et traversai chez-moi en toute vitesse n'oubliant pas de verrouiller ma porte. Était-ce la boisson qui avait eu raison de moi ce soir-là, ou la tension de la soirée. Je tombai endormie pour me réveiller que le lendemain.

Comme je revenais de l'ouvrage le lendemain, Justin surgit devant moi et me présenta un magnifique bouquet de belles roses rouges. Je n'avais jamais reçu de fleurs de ma vie. Je rêvais, n'est-ce pas? Je ne savais pas quoi dire ni quoi faire. Justin déposa les roses et s'empressa de chercher un grand vase de crystal dans lequel il plaça délicatement les fleurs avec un peu d'eau. J'en étais ébahie.

A ma grande surprise, je m'avançai pour lui donner un petit baiser. Je réalisai soudain que j'étais dans ses bras et au gré de mes désirs je répondais volontairement à un premier baiser à la Française. Toutes mes méninges devinrent bouillies et mes genoux caoutchouc.

Sans dire un mot il me quitta. La nuit qui suivit ne fut qu'un rêve de fée en magnifiques pantoufles argentées.

Chapitre 8

Plusieurs jours passèrent sans que je revis mon Némésis. Tout mon être me disait de le laisser tomber, de ne plus le revoir de ne plus lui parler. Alors pourquoi cette poussée en moi de l'attendre à chaque coin de passage? Pourquoi cette espérance qu'il m'apparaîtra n'importe quand, n'importe où. Je devrais le haïr parce qu'il m'avait violée, puis il m'avait tendu la main pour se faire pardonner, ensuite nous avions bu un verre de vin ensemble comme signe de réconciliation. Maintenant passons l'éponge sur le passé.

Exactement deux semaines après ce fameux traité de paix entre Justin et moi, il frappa à ma porte pour m'inviter à un party de maison. Était–ce ma bonne chance, ma bonne Étoile?

Il me transformait. Il exerçait des pouvoirs hypnotiques qui devenaient impossible pour moi de me débarrasser. Je ne pouvais dire non. Et comme l'alcoolique devant un verre de vin incapable de résister j'acceptai de le suivre. L'instant d'après, je m'enfermais dans ma chambre. Je m'en voulais tellement d'être aussi stupide pour l'accompagner, mais outre celà, je me sentais si privilégiée de sortir avec lui. Imaginez-donc! Sortir avec Justin!

Je décidais de me vêtir ce soir-là d'une blouse rose au devant à lacet, et d'un pantalon noir avec sandales de même couleur. Je me devais d'aller magasiner pour embellir ma garde-robe maintenant. Oui, sitôt que j'en aurais les moyens.

A sept heures, comme entendu, Justin était au poste. Wow! Comme il était beau tout vêtu de noir. Nous sommes partis dans le taxi qui attendait.

Dans le ciel brillait une lésion d'étoiles. Dans ma tête je formulais le désir que cette nuit ne se termine jamais. Tout au long du trajet nous étions silencieux. Justin prit gentiment ma main qu'il porta à ses lèvres. Tout mon corps sentit une vibrante sensation. Et en très peu de temps nous arrivions à notre destination. Après avoir payé le taxi, il m'escorta dans la maison de son ami.

Quelle belle maison! Située dans une des parties les plus prestigieuses de Sudbury, un portier nous salua à notre arrivée par un «Bonjour M. Lambert» et se tournant vers moi, «bonne soirée madame.» Wow! Je me croyais marchant le tapis rouge qui me conduisait devant pour recevoir une bourse à l'Académie. Je me sentais si spéciale! Ensuite, une servante prit nos manteaux et nous dirigea vers le grand salon, là, où se déroulait la fête.

Quand on dit: «Avoir les yeux grands comme des piastres!» c'était mes yeux à ce moment. Les murs du salon qui nous conduisaient au superbe plancher de danse étaient longés d'un sofa de velour doré et un élégant tapis de peluche brune recouvrait le passage qui nous y amenait.

La grande peur qui me tiraillait c'était mes sandales à talons hauts. S'il fallait qu'un de ceux-ci s'accroche dans l'épaisse moquette et que je trébuche, Justin serait si embarrassé!

A ce moment, j'aperçus la «pièce de résistance.» Cette belle balle, garnie de minuscules miroirs carrés, pendait du plafond. A chaque tour, les carrés de la balle illuminée, reflétaient sur les murs ses rayons brillants qui tournaient continuellement, ce qui donnait aux danseurs la sensation d'une euphorie fantastique.

Justin, voyant que j'étais ébahie par ce merveilleux phénomène d'éclairage me dit aussitôt que c'était une lumière stroboscopique. Tout comme la balle, ma tête tournait, tournait. Il m'introduisit comme «Monique Leblanc,» la fille voisine, et s'empressa aussitôt de se faire voir de tous et chacune; surtout les dames. Quel «party Animal!» Chacune avait droit à une accolade, à un clin d'œil et même à un petit baiser rapide de la part de Justin; ce qui me fit croire que sans doute elles avaient dû avoir couché avec lui à un temps ou à un autre.

Timidement je le suivais. Et pour calmer mes effervescences je me servais de temps à autre à ces verres de vin mis à notre disposition. Je me sentais en ambiance. Comme j'étais heureuse d'être sa compagne de la soirée.

A mesure que la veillée avançait, Justin devenait de plus en plus énergétique, surtout quand il s'absentait quelques minutes pour rejoindre son ami dans une autre pièce sans m'inviter. Que pouvait-il se passer là? J'avais remarqué le va et viens de quelques personnes qui avaient frapper à la porte avant d'entrer. Moi, je ralentissais de fatigue, mais je ne voulais pas que cette soirée se termine. Je ne refusais aucune danse.

Et, comme chaque bonne chose a une fin, la soirée se termina. Ma tête langoureusement appuyée sur son épaule, nous avons partagé le même taxi jusque chez-nous. Devant ma porte il m'embrassa.

«Au prochain party, si tu veux, je peux t'offrir quelque chose qui aide l'énergie» me dit–il. Comme un «gentleman» il entra simplement chez–lui. Là j'étais vraiment en amour!

Ce qui c'était passé ce soir là plusieurs semaines avant s'effaçait de ma mémoire. Tout ce que j'y voyais était le portait de ce tendre et gentil homme qui ne cessait de me faire du bien. J'espérais de tout mon cœur que ce sentiment était réciproque; que lui aussi devenait amoureux de moi.

Chapitre 9

Et voila que des semaines s'écoulèrent sans que nous nous revoyions. Malgré tout, j'espérais toujours son retour.

Un soir on frappa à ma porte. Je reconnus sa douce voix qui me dit: «Eh ma jolie, es-tu là? Je suis de retour.»

J'ouvris rapidement la porte pour me retrourver dans ses bras. Comme je l'avais manqué! J'étais si rassurée qu'il me serre si fort dans ses bras. Malgré que ses cheveux étaient plus longs que l'habitude et que je remarquais son énorme fatigue, encore il était si beau!

«De retour? Je n'ai jamais su que tu était parti.» lui dis-je. Je ne voulais pas qu'il sache que j'avais compté les jours et les heures depuis notre dernier rendez-vous.

«Je regrette, mais j'ai dû me rendre à Toronto par affaire la semaine passée. M'en revenant je fus transporté à Valladine.»

«Valladine, où ça?»

«Mais c'est là d'où je viens. Un petit village dans le Québec. Je regrette que je ne pouvais t'en informer. On m'a pris. On m'a menotté et dans un auto inconnu, on m'a transporté à Valladine. Les deux hommes qui m'accompagnaient n'étaient pas des plus amicales. Ils m'ont même interdit de faire un appel téléphonique. On m'informa que j'étais demandé d'urgence pour paraître devant un tribunal de la cour suprême. Mais le reste c'est une longue histoire. Je rentre chez-moi prendre ma douche et je reviens. Là je te raconterai tout.» Et il traversa à son appartement.

J'attendais patiemment son retour. J'avais temps de questions sans réponses. Qu'est-ce qu'on voulait de lui? De quoi l'avait-on accusé? Pourquoi?

Deux heures plus tard il revint à ma chambre emportant deux verres et une bouteille de vin.

«Que t'est-il arrivé? demandai-je avec impatience.»

«Te rapelles-tu quand je t'ai dit que j'avais une amie qui s'était suicidée?» Me demanda-t-il.

«Oui,» je lui dis. (comme si je pouvais oublier quelque chose comme ça.)

«Et bien ses parents voudraient bien me voir derrière les barreaux. Ils ont essayé de m'accuser d'avoir traversé avec une personne juvénile hors de la province. Le pire c'était d'être menotté les deux mains derrière le dos pendant tout le long du trajet jusqu'à

Valladine. Tu ne peux t'imaginer, six heures de voyage dans cette position.»

«Mais pourquoi un tel comportement envers toi?» dis-je avec compassion.

«Bien c'est vrai que j'avais transporté mon amie hors de la province. Tu vois; nous nous aimions. Nous pensions que ça irait, elle et moi. Tout allait bien mais elle s'est mise à s'ennuyer terriblement de sa famille et elle est retournée chez ses parents. Mais j'avais mon emploi alors je suis demeuré ici.»

«Est-ce que vous communiquiez après son départ?» je demandai.

«J'ai bien essayé mais ses parents ne voulaient rien savoir de moi. Ils interdisaient que je l'appelle. Ils ont même retourné mes lettres qui n'avaient jamais été ouvertes.» Ça pris quatre jours avant que mes parents puissent me sortir de là. Maintenant que tu connais toute l'histoire que dis-tu à l'idée que nous sortions ce soir? J'ai vraiment besoin d'un relâche,» me dit-il.

J'aurais vraiment voulu en savoir davantage mais Justin refusait tous autres commentaires pour le moment.

Juste le temps de me trémousser un peu et nous partions pour aller visiter Cléo, un autre de ses amis.

Chapitre 10

Cléo donnait l'allure «Elvis Presley» mais aux cheveux blonds. Quel contraste avec mon Justin.

L'appartement de Cléo se situait au 10e plancher de l'un des buildings le plus élevé de la ville de Sudbury. Tout était d'une grande propreté. Le logis était richement fourni et d'un mur à l'autre s'alignaient des équipements de musique stéréo; ce qui portait à croire que tous les amis de Justin vivaient dans l'abondance et à plein.

Comme Justin, Cléo aimait sa boisson et ses drogues. Je voulais tellement faire partie de la vie de Justin, que je décidai d'en essayer. Les deux amis m'expliquèrent clairement en quoi je m'embarquais. Ils voulaient que ma première essai en soit une bonne.

Après m'avoir bien fait comprendre ce qui se passerait ce fut une expérience des plus merveilleuses. Justin et moi nous sommes assis sur le fauteuil de cuir noire et Cléo dans son grand fauteuil rouge. Il sortit une boîte en métal de la grosseur d'une boîte de sucrettes (bonbons à rhume) très bien décorée. Pour ouvrir cette boîte il se servit d'une drôle de clé. Il y avait trois serrures à la boîte. Cléo inséra la clé dans chacune d'elles mais d'une façon différente. Dans la première il tourna vers la droite, la deuxième vers la gauche et dans la troisième il ne fit qu'un demi tour. Les trois verrous alignés formaient un beau patron rose. J'étais intriguée par le style de cette boîte.

Une fois la boîte ouverte, je pouvais voir de très petits morceaux de papier q u'il se mit à séparer. Il en donna un à Justin, un à moi et en garda un pour lui-même. Il me dit de prendre une gorgée de boisson et d'y avaler en même temps ce petit papier. Nous faisions la même chose tous les trois ensembles. Nous avons continué de jaser laissant le temps voulu pour que la drogue fasse son effet. Sous l'effet de cette acide, toutes suggestions devient une discussion sans but sans solutions qui se converge comme un chemin multi-branches à destination inconnue. Je ne me souviens pas pourquoi mais tout-à-coup nous avons décidé d'aller prendre une tournée de voiture.

Que c'était étrange de voir les feux de circulation simplement s'éteindre. Sous l'influence, les feux ne faisaient pas seulement changer du rouge au vert, mais une couleur se fanait et l'autre apparaissait pour mourir lentement à son tour. Pour combien de temps nous restions à l'intersection pour regarder ces lumières agir de la sorte, je ne sais pas, mais c'était un tour inoubliable. Mes trois sens s'étaient intensifiés de dix mille fois leur capacité.

Cléo et Justin m'expliquèrent que l'effet de la drogue pouvait durer pour des jours avant d'être complètement éliminé de mon système. Je paniquai mais comme je n'étais pas la seule, pourquoi pas? Je désirais tellement faire partie de ce groupe qu'il n'était pas question de retourner en arrière. Je ne me souviens pas être revenue chez-moi. Tout ce que je sais, c'est que je me réveillai le lendemain matin, très en vie et reposée comme si j'avais dormi pour très, très longtemps.

Chapitre 11

Les prochains mois furent très bons. Ma vie était fantastique, mais, les jours qui suivaient la fin de semaine étaient difficiles car nous fêtions beaucoup.

Chaque «weekend» nous nous retrouvions à une place différente avec différentes personnes. La boisson forte était toujours présente et malgré que nous vivions la même rengaine tous les soirs, les drogues y étaient aussi pour ceux qui voulaient s'y adonner ou essayer de nouveaux trucs.

La saveur de l'époque était «blotter acid». C'était étonnant l'effet que pouvait produire sur l'être un fragment, plutôt une poussière de la chose déposée sur un minuscule morceau de papier. Je n'avais jamais eu de problème avec l'alcool à part du fait que j'en ressentais un intense malaise le lendemain, mais non pas avec l'acide. Aucun effet secondaire, mal de tête ou nausée; sauf qu'une journée devenait quelques jours, ce qui expliquait les difficultés du retour au travail. Laissez-moi vous dire que «Ma Bell» ne se montrait pas trop compréhensive quand je téléphonais une demi-heure avant l'entrée à mon travail pour dire que non, je ne pouvais pas rentrer. Nous avons dû arbitrer pour concilier ouvrage et plaisir afin de garder nos emplois en sécurité.

Justin et moi passions beaucoup de temps ensemble. Tout était parfait, même si de temps à autre certains de ses commentaires chauvinistes démontraient clairement son attitude négative envers les femmes.

Je me souviens de cette fois quand cette belle grande fille blonde, vêtue de culottes blanches, très courtes, d'un «halter top» rouge et au bout de longues jambes, chaussée de souliers à talons très hauts, lavait soigneusement son auto.

«Pourquoi un tel habillement pour laver un auto?» je dis tout haut.

«Elle parait magnifique! Quand tu es blonde et vêtue de blanc et de rouge ça ne fait qu'améliorer tes lobes cérébrales.» me dit–il.

«Que veux-tu dire ?» je demande innocemment. Je me suis vite rendue compte que c'était sa manière de dire que les blondes sont stupides.

«Ah, rien. C'est seulement une autre très jolie beauté sans cervelle!»

Et sans plus, je conclus qu'il m'appuyait pour dire que cet accoutrement ne convenait pas pour l'occasion.

Chapitre 12

Ce jour là Justin n'était pas allé travailler. Je fus surprise de le retrouver à mon retour, assis à la table, buvant du vin tout seul. Il buvait rarement en semaine, une chose convenue entre nous deux afin de sauve-garder nos emplois et notre revenu hebdomadaire.

«Tu n'as pas travaillé aujourd'hui?» Il me répondit non d'une signe de tête.

«Tu veux qu'on en parle?» je lui demande. Justin n'était pas celui qui se confie, surtout en ce qui concernait sa famille ou son passé. Nous étions ensembles, bons amis depuis des mois et je ne connaissais pratiquement rien de lui ou de sa parenté.

«Ma mère a appelé. Mon père n'est pas bien.» il me répond. Ce fut la fin de la conversation. Je passai le reste de la soirée près de lui tentant de le réconforter de mon mieux. Et ce soir-là, pour la première, nous couchions ensemble chez-moi et sans en dire trop, sous le toit de Madame Pratt.

Le père de Justin s'en remis et la vie reprit son déroulement normal.

Deux semaines après, Justin décida d'aller visiter ses parents à Valladine. Après avoir obtenu une semaine de congé sous la fausse prétention que ma mère était très malade, nous partions en autobus.

Quelle longue route! Je m'imaginais encore le long trajet parcouru par Justin, avec les deux mains menottées derrière son dos. J'avais tellement de compassion pour lui que les larmes venaient à mes yeux.

Son père et sa mère nous rencontrèrent à notre descente de l'autobus. Nous nous sommes aimés immédiatement.

Jim Lambert, son père, était le portrait plus vieilli de Justin. Les mêmes yeux enchanteurs accentuaient ses cheveux noirs parsemés de blancs. Son visage démontrait comme chez Justin une profonde fossette au menton.

Béatrice Lambert, sa mère, aurait pu facilement passer pour «Greta Garbo».

Ses cheveux grisonnants et ses yeux bleus étaient remarquables. Sa mince taille de près de six pieds imposait beaucoup le respect.

J'étais très excitée de les rencontrer et en même temps je me sentais la bienvenue dans leur demeure.

Je découvrais que Justin était né d'une famille pauvre de vétérans. Son père avait été membre de la marine et qu'ensemble ses deux parents travaillaient pour boire. Leur lieu de rencontre était la Légion où nous les avons accompagnés chaque matin de notre séjours à Valladine. Ils connaissaient tous les gens qui fréquentaient cette place. Assis autour de la table de billards on buvait, on fumait, on observait ceux qui jouaient en attendant leur tour. Parfois, ce devenait une sorte de tournoi dans lequel on y misait quelques dollars. Justin et Jim en ressortaient souvent les gagnants. Alors la bière gratuite abondait de tous côtés vers notre table. Après la fermeture nous rentions à la maison où la routine se continuait jusqu'aux petites heures du matin.

J'ai appris à mieux connaître mon merveilleux amoureux. Très indépendant depuis l'âge de douze ans, il était reconnu comme le gars à tout faire des alentours. Pour réparer les autos, les radios, les machines à laver, il était très en demande. Et, si par hasard il disposait de quelques minutes ou quelques heures, il tondait le gazon pour de l'argent en plus.

Il vivait dans une communauté française, mais parlait seulement l'anglais; ce qui l'excluait des activités de son entourage. Il devenait alors méfiant envers ses confrères. Pour sauve-garder son prestige il se rangea vers la gente féminine qu'il sut apprivoiser par son charme et sa beauté. Vu ses atouts gagnants, on s'intriguait, se demandant pourquoi il était un mystérieux solitaire. Il croyait que toute jolie femme se devait d'avoir un homme à ses côtés pour survivre dans la vie. Il devenait un rival parmi ses semblables masculins car il fréquentait tous les lieux de loisirs pour se faire connaître et ainsi s'attirer l'admiration. Il masquait sa déficience intellectuelle par son grand intérêt aux mécanismes de toutes sortes. Sa fierté et son arrogance créaient autour de lui cette «aura» qu'une fille simple et sans malice comme moi méprenait pour du sex-appeal.

Trop vite, on dût quitter Valladine et reprendre l'autobus du retour.

Chapitre 13

Dès notre retour, notre propriétaire Mme Pratt, nous informa que nous devions nous trouver un autre endroit pour y loger. En 1967 le concubinage était très mal reçu. À vraiment dire ce n'était pas accepté par beaucoup, encore moins du point de vue de ma famille.

Néanmoins, il devenait difficile pour nous deux, comprise notre situation, de se trouver un logement où nous étions permis de vivre en commun au vu et au su de tout le monde. Je croyais vraiment en notre amour et j'étais si anxieuse que nous avons aménagé dans le premier logis abordable selon nos moyens et où on nous permettait d'être ensemble.

Se marier était hors de question. D'abord, Justin avait déjà été marié à l'âge de seize ans; un fait que sa mère m'avait dévoilé. Sa petite amie était enceinte et le mariage devenait la seule solution convenable à cette époque. Ce fut une relation de très courte durée et Justin m'assura implacablement que ce bébé n'était pas le sien. Et moi, que l'amour avait rendu crédule, je le crûs sur parole. L'idée qu'un jour son fils frapperait à notre porte dans le but de retrouver son père m'effleura quelques fois mais je refusais indubitablement de m'y arrêter.

Notre nouvel appartement tout aménagé se trouvait au bout d'un cul-de-sac au bas d'une grosse montagne. L'entrée se faisait par une sorte de garage; mais que cela n'importe. Nous nous disions très chanceux car nos seuls meubles comptaient deux téléviseurs.

Munie d'une petite cuisine, nous comptions une table et quatre chaises qui avaient connu de meilleurs jours, une chambre à coucher, deux bureaux et un lit. Mais la garde-robe était aussi grande que la chambre elle-même avec en plus deux grandes tablettes pour y déposer ce que nous achèterons plus tard. Le modeste salon était meublé d'un sofa et de deux petites tables avec des lampes bien disposées. Une fenêtre permettait à la lumière de pénétrer et à nous de voir le gros mur de briques rouges de la maison voisine. Aucun cadre ne figurait sur les murs et nos armoires étaient vides d'ustensiles, d'assiettes et de tous autres plats nécessaires à la cuisine. Un tour de magasinage s'imposait. Mais, pour le moment, nous prenions notre café au travail et nous allions visiter des amis qui nous offraient à manger. Un repas par jour à se procurer nous même était bien et nous avons vécu ainsi jusqu'à notre prochaine paie. Nous étions heureux!

Afin que notre première nuit dans notre nouvelle demeure soit pour nous un évènement inoubliable, Justin déposa sur la table à mon insu un joli bouquet de roses rouge vif, et une bouteille de vin accompagné de deux verres. Il ne finissait pas de m'étonner avec son esprit toujours présent et ses gestes si romantiques.

Chapitre 14

De temps à autre, Nathalie assistait à quelques-uns de nos «party». Jamais elle ne restait jusqu'à la fin, excepté ce jour-là où Ma Bell l'avait promue au poste de directrice générale. J'étais très heureuse pour elle malgré que Justin lui, avait tout pris avec un grain de sel n'ajoutant rien jusqu'au retour vers notre demeure.

«Je me demande avec qui elle a dû coucher pour être promue de la sorte». dit-il.

«Qu'est-ce qui te fait croire qu'elle a couché avec quelqu'un pour avancer à ce niveau?» lui dis-je, un peu blessée par cette insinuation perfide de Justin.

«Elle n'est pas si intelligente qu'on le croit. Je suis certain que sa beauté à eu de l'influence». Il entra dans la chambre à coucher et se tût sur le sujet.

J'étais toujours choquée par ses commentaires mêlés de mépris à l'égard des femmes. Plus souvent qu'autrement je me taisais afin de garder la paix ou d'éviter de saboter une belle veillée qui aurait certainement tournée en un gâchis d'arguments à n'en plus finir.

Nos jours de congé se décrivaient comme dans un brouillard mêlé de drogue et de boisson, hors duquel on ne sortait que pour se reposer le dimanche afin de pouvoir reprendre le travail du lundi et retomber encore le vendredi suivant dans le même rouage effreîné. Ainsi se déroulait notre vie comme dans un «roller coaster» avec ses hauts et ses bas.

L'argent que je gagnais en heures supplémentaires au travail je le mettais de côté pour l'achat d'un véhicule. Ceci serait une bonne économie pour nous qui devions toujours voyager en taxi. Et quand vint le jour tant attendu, mes quatre cent dollars je les offris spontanément à Justin pour l'achat.

Notre première voiture d'occasion fut un Valiant à deux portes, vert et blanc. Et, grâce au talent remarquable de Justin pour réparer n'importe quel moteur, il nous fut permis de garder cette auto sur la route à notre service. Cette vieille bagnole était passablement rouillée de partout et même le coffre arrière tenait fermé que par une sorte de corde, un machin inventé par Justin.

Chapitre 15

Bonne Heureuse Année! ... 1968...

On aurait dit que chaque nouvelle année nous retrouvait dans une place résidentielle différente. De notre premier appartement, nous avons déménagé deux maisons plus loin dans un immeuble à dix étages, au troisième plancher. Notre logis présent, malgré que petit, était déjà beaucoup mieux, muni de plusieurs fenêtres et même d'un joli balcon.

La vie se déroulait comme avant en plus nous avions notre propre moyen de transport, notre solide Valiant. C'était beaucoup plus facile pour nous car comme on dit «l'homme est essentiellement sociable» ce qui décrivait très bien Justin. Et il avait tellement d'amis! Vu l'opinion de Justin à l'égard des femmes, je dus prendre le temps et la manière juste pour le convaincre de me montrer comment conduire l'auto. Tous les jours dans le grand terrain de stationnement de Woolco après les heures de fermeture il me guidait et m'enseignait les règles de la bonne conduite. Il était très patient avec moi, bien que j'apprenais très vite. Enfin arriva le jour où je devais subir l'examen pour obtenir mon permis de conduire. Quelle journée misérable! Il pleuvait à boire debout, un vendredi soir à l'heure de pointe et où la visibilité était limitée. En plus, j'étais intensément stressée.

«Relaxe-toi» me dit Justin. «De temps à autre, tourne vers lui tes beaux yeux charmeurs et le tour sera joué».

A entendre certains commentaires de l'instructeur, je compris qu'enfreindre la loi pour lui était monnaie courante. C'était un homme mince aux yeux bruns avec un charmant sourire. Il se nommait Jeff Morgan.

Il tenta de me calmer mais juste le fait de le savoir assis là, pour me juger, me mettait dans un état de nervosité extrême. Un virement à droite, devenait pour moi un virement à gauche, ce qui m'amenait dans une rue opposée à la route prévue. Le dernier quinze minutes du testing je devenais un peu plus familière à ses ordres et un sentiment de confiance s'installa. Je dus stationner entre deux autos en ligne, le long du trottoir. Rude épreuve! Je m'en sortit mais avec l'idée certaine d'avoir échoué ce premier essai. À ce moment la suggestion de Justin me vint à l'idée et me tournant vers Jeff Morgan, je lui donnais un regard amiable de mes yeux verts, suivit d'un sourire inoubliable. Cela à dû plaire M. Morgan car, rendus au poste, il sortit de la voiture, se secoua la tête et me dit. «Ce n'est que la nervosité chère madame». Et juste au moment où nous arrivions vers Justin qui, lui aussi hochait la tête en riant, certain que j'avais échoué l'examen, Jeff ajouta, en me tendant une feuille qui montrait le résultat de mon épreuve: «vous ferez une excellente conductrice».

Encore une fois la stratégie énoncée par Justin se retrouvait gagnante. Nous avons repris le chemin du retour. Justin eut de la difficulté à reculer notre voiture d'où je l'avais coincée entre deux autres voitures tellement mon stationnement était de travers. J'étais heureuse! J'avais mon permis de conduire. «Demain nous irons pour une longue randonnée et c'est moi qui conduirai. Quel bon moyen de devenir la conductrice idéale prédit par M. Morgan.»

Chapitre 16

Comme ma famille s'opposait à cette vie en union libre de Justin et moi, mes relations avec eux était tendues.

Presque deux ans après notre première rencontre, je reçus un appel inattendu de maman. Ma sœur Sharon de Markstay organisait une fête à sa maison pour célébrer la naissance de son nouveau bébé et nous étions invités. Ma famille me manquait beaucoup surtout après cette longue période de temps. Sans plus questionner l'affaire, je ne réalisais pas que l'invitation pouvait venir de maman et non pas de ma sœur. La famille et les amis étaient réunis là sous les arbres, riant et racontant des histoires quand Justin et moi firent notre arrivée dans notre nouveau convertible Rambler, acheté la semaine passée.

Je décidai alors d'aller féliciter Sharon et voir le bébé quand elle me dit en me voyant:

«Comment as-tu pu nous faire une chose pareille. Si tu n'étais pas ma sœur je te mettrais à la porte.» Elle nous jugeait Justin et moi sur notre mode de vie en commun. Alors sans hésiter je lui répondis:

«N'en dis pas plus.» Je sortis en trombe et avisa clairement Justin de notre départ. La célébration pour nous deux n'avait durée que quelques minutes. Je pleurai tout le long de mon retour à la maison.

«Ne t'en inquiète pas chérie,» me disait-il,«laisse le temps faire les choses et ils s'en remettront.» Souvent il me rappelait ces mêmes paroles et ce fut vrai.

Bientôt après, nous étions invités à une autre soirée familiale. Nous allions mais à une condition; une garantie d'être traités de façon civilisée. Pour les premières minutes qui suivirent notre arrivée, l'atmosphère était quelque peu tendue. Mais ce sentiment diminua vite au point où nous sommes restés à coucher ce soir-là chez mes parents. Les affaires changeaient pour le mieux. Le mouton noir de la famille était admis à nouveau au bercail.

Vu le grand talent de Justin pour les réparations, il s'en servit pour gagner le cœur de chacun: réparation de moulin à laver, de sécheuse, de moteur à bateau, c'était «demandez et vous recevrez.» Il fut vite accepté comme beau-frère, même comme gendre.

Pour nous deux, tout allait bien. Les seules disputes étaient quand Justin sortait avec ses amis et ne revenait que le lendemain. La paix revenait vite car le pardon se demandait toujours avec l'offrande d'un joli bouquet de roses rouges. Nous avons quitté la consommation de la drogue. Nous avancions heureux dans la vie.

Chapitre 17

Nos emplois devenus sécuritaires nous permirent d'acheter notre propre maison. Un joli bungalow situé sur le boulevard Lasalle juste en face du cimetière. C'était tout ce que nous désirions. Une cuisine, un salon, deux chambres à coucher, une salle de bain et aussi un sous-sol à la grandeur de la maison. Même si elle comptait plusieurs années, c'était très confortable et elle nous appartenait.

Quelques mois s'écoulèrent et nous avons acheté un petit chalet d'été sur le lac Nipissing. C'était au temps où mon père, semi-retraité s'occupait activement à bâtir et à revendre des chalets. Là, nous en avons acheté un que nous pouvions compléter nous même et à notre goût. Quelle aubaine! Le prix se cadrait favorablement à notre budget et nous permit un surplus pour une magnifique galerie ouverte que nous avons pu construire sur le devant sud de notre beau «chalet de poupée» comme nous la nommions. En deux semaines Justin et ses amis l'avait complétée. Comme je l'aimais notre belle petite maison de rêve! Le de-dans contenait un beau foyer de roches couvrant tout un mur de notre grand salon. La petite cuisine était meublée d'une cuisinière et d'un réfrigérateur, achetés à une vente de garage, et une table faite de bois par les mains de mon père. Notre entrée était unique et représentait un vivant sujet de conversation de la part de tous ceux qui y pénétraient. Elle était construite de tronçon de boulots coupés à même notre propriété.

Justin m'impressionnait toujours par ses nombreux talents. Chaque fois qu'il se rendait au dépotoir municipale, il en revenait avec quelques cossins à restorer, à peinturer ou à décorer pour ajouter à l'embellissement de notre place. Notre quai fut complètement bâti de pièces de bois ramassées d'ici et de là, gratuitement.

Un jour nous arrivions au chalet, traînant notre premier bateau à moteur vingt-cinq forces, accroché à la voiture. Comme Justin était l'homme à tout faire, à tout réparer, il avait acheté le tout usagé pour un prix très modique. Il travailla plusieurs jours à colmater et à peinturer le bateau. Enfin, le dimanche arrivé, nous descendions fièrement la rivière dans notre nouvelle embarcation. Comme nous jouissions de nos jours de congé maintenant. Un peu de boisson, mais rien d'autre parce que nous avions tous deux gagné en sagesse et en maturité. J'aurais dû me méfier davantage. Évidemment....

Chapitre 18

Nous avions travaillé sans cesse pour des mois. Justin proposa alors un voyage d'une semaine dans la grande ville de Québec.

Et là, heureux dans notre décapotable, ce voyage de six heures pour aller, nous en a paru que deux. Le beau soleil était de la partie. Avec une belle musique de «Abba's Fernando» nous voyagions comme « un Roi accompagné de sa Reine.»

Arrivés à la ville de Québec, nous avons loué une chambre au «Mont Royal» dans la splendide pièce «Queen Ann» avec son vaste salon, son magnifique lit à baldaquin et une chambre de bain avec sa baignoire en forme de cœur.

Justin m'amena faire un tour de «Calèche» tout le long de la rue principale dans le vieux Québec. Quelle lune de miel! Nous étions tout entier l'un à l'autre.

Nous avons dîner au «Moulin Rouge» une autre place aussi somptueuse que le Mont Royal. Le restaurant était bien rempli de couples mais surtout de belles grandes dames françaises.

Justin paraissait si beau dans son accoutrement noir et chemise blanche. Moi, j'étais vêtue d'une robe longue en soie verte que je m'étais procuré chez Sears. Elle s'harmonisait avec mes souliers maroquin verts à talons hauts. Le tout dégageait à ravir les formes de mon corps et le corsage découpé bas, très ajusté, moulait ma poitrine bien formée pour ma taille. Mes cheveux châtains et lisses ramenés en chignon sur ma tête laissaient descendre quelques boucles ondulées pour me donner une allure sans pareil.

Je captais discrètement les regards posés sur moi.

Notre table placée devant une grande fenêtre était décorée de deux chandelles et d'un bouquet fleuri.

Je remarquai comment Justin était nerveux ce soir-là. Il se levait souvent, allant à la chambre de bain et encore pour revenir avec une autre bouteille de vin ou encore pour demander nos chansons favorites. Nous avons participé à quelques danses, mangé notre repas ensemble et même là, je me sentais seule. Il était tellement distrait qu'à un moment, il suggéra de retourner à l'hôtel. Il n'était seulement que dix heures. La vérité était que nous avions consommé beaucoup après cette belle journée passée en plein air. Nous étions simplement fatigués.

Arrivés à la chambre, Justin s'étendit sur le lit pendant que je pris une douche. Et en moins de cinq minutes, Justin dormait profondément, habillé de la tête aux pieds. Doucement je me blottis serrée contre lui. Toute la nuit, je me réveillais en sursaut entendant toutes sortes de musique et de rires étranges. Mais je ne pouvais ouvrir les yeux ou me lever hors du lit; c'était malgré ma volonté.

Le lendemain nous repartions pour revenir à Sudbury.

«Est-ce que tu t'es levé pour enlever tes souliers hier soir?» je lui demande.

«Ouais, j'étais si fatigué,» il me répond. «C'était une bonne idée de nous coucher de bonne heure.»

«J'ai eu des rêves étranges», je dis, «c'était comme surnaturel, mystérieux.»

«Ne t'en inquiète pas, c'était sans doute dû à cette fatigue accumulée des dernières semaines,» me répondit-il rapidement en feignant de regarder au loin.

Notre vacance avait été si merveilleuse que je ne voulais pas poursuivre cette conversation qui aurait sans doute dégénérée en argument. Tout celà demeurait un mystère pour moi.

Deux jours passèrent et Justin m'arriva avec un très joli bouquet de roses rouges. Un soir il m'arriva avec ce beau petit chiot. Brutus fut l'amour de ma vie! De race mélangée, il ressemblait à un labrador à poil courts et noirs avec de longues oreilles. Sa seule marque de distinction était une petite tache blanche sur sa patte de devant. On aurait crû à première vue qu'il avait un pansement.

Un chien ne cadrait vraiment pas avec notre style de vie «travail et parties,» mais mon amour pour lui fut le plus fort et je le gardai. C'était la première addition à notre famille.

Chapitre 19

Justin était encore très populaire parmi la gente féminine mais comme nous vivions ensemble, pour moi, j'étais sa femme numéro un. Il y avait deux façons de considérer cette époque; il y avait celle que je voulais qu'il fût, et celle qu'il était en réalité et que je ne voulais pas voir.

«M'aimes-tu ?» je lui demandais quand je sentais que l'insécurité s'emparait de moi.

«Oh, je te hais!» me répondait-il avec son sourire taquin.

Un baiser effaçait les doutes et nous nous retrouvions au lit.

Le sexe était tout pour nous. C'était le meilleur de notre monde. Dans la chambre à coucher nous devenions égaux, chacun donnait et recevait en retour. Comme il était ma première conquête, je n'avais personne avec qui le comparer et nous menions une vie sexuelle très dynamique. C'était un sentiment réciproque. Nous voulions demeurer ensemble le reste de nos jours. Nous nous cajolions constamment. Justin avait toujours une manière nouvelle de faire l'amour et moi j'étais une partenaire très consentante. Nous n'avions besoin d'aucun livre ni de personne pour nous faire découvrir des techniques modernes. La vie passait! Nous étions heureux!

Maintenant, nos fins de semaines avec «parties» et boisson en abondance incluaient nos mêmes amis, mâles et femelles.

Un soir justement à la fin d'une de ces soirée, j'attendais le retour de Justin qui reviendrait de conduire notre amie Nathalie chez-elle. Je me préparais pour aller au lit quand j'entendis soudain une auto entrer dans notre cour. Regardant par la fenêtre je vis que Nathalie était encore dans l'auto. Il y avait un argument. Nathalie semblait pleurer. Je courus dehors et frappa dans la fenêtre de l'auto.

«Reconduis-là toi!» me crie-t-il en débarquant et frappant la porte de rage.

Je n'avais pas de choix. Je m'installai au volant pendant que Nathalie tournait de moi son regard.

«Qu'est – ce qui t'arrive?» je lui demande. «Es-tu malade?»

Cette manière d'agir pour elle était vraiment hors de son ordinaire. Elle était toujours heureuse et confiante.

«Parle-moi. Je comprends.» lui dis-je pensant pouvoir lui aider.

«Amène-moi chez-nous» fut sa seule réponse jusqu'au moment d'entrer dans sa barrière.

«Je ne veux plus jamais vous revoir ni toi, ni ce bâtard d'homme. Me croirais-tu si je te disais qu'il a essayé de me violer!» me crie-t-elle en sortant brusquement de l'auto.

Je ne me souviens pas encore aujourd'hui être entrée chez-nous ni de m'être couchée. Comme si quelqu'un m'avait jeté de la poudre aux yeux, tout ce que je sais c'est de n'avoir pu fermer l'œil de la nuit.

Le lendemain je confrontais Justin au moment où il se préparait pour se rendre au travail.

«Dis moi ce qui c'est passé hier soir entre Nathalie et toi?»

«Rien! Elle a agit étrangement et se mit à me crier par la tête. Et rendus chez elle, elle ne voulait plus descendre de l'auto.» me dit-il, en essayant fortement de se défendre.

«Sans doute elle manque de sexe et elle comptait sur moi pour pouvoir lui aider.»

«Elle m'a dit que tu avais essayé de la violer! C'est ce qu'elle a répondu quand je l'ai questionnée.» Il me répond: «Je n'ai pas besoin de violer les femmes pour qu'elles couchent avec moi. Je ne veux plus en parler. Ou tu me crois moi ton mari ou tu la crois elle. Fais ton idée.»

Même si nous n'étions pas légalement mariés, dans nos cœurs nous étions mari et femme. Et avec ces dernières paroles le sujet était clos. Vouloir en savoir plus, c'était insinuer que je ne le croyais pas, alors ce fut terminé…mais je me rappelais cette autre fois…cet autre viol. Mes souvenirs me revenait par fragments, vives et douloureux comme des coups d'aiguille au fond du cœur.

Chapitre 20

On dit que le temps ne s'arrête pas, mais pour moi ce fut un arrêt très abrupt dans ma vie. C'était le temps des fêtes de Noël et du Jour de l'An où nous passions chaque fin de semaine au chalet et en surplus, j'ai dû changer d'emploi. Comment ai-je survécu à toutes ces épreuves sans que mon système nerveux s'écroule, fut au-delà de mes compréhensions. C'était un miracle!

Déjà, Brutus avait un an et était maintenant de taille adulte. Il était devenu mon plus fidèle compagnon.

Je travaillais maintenant pour le Canadien Pacifique comme réceptionniste. Nous étions deux employés tellement le commerce était achalandé. Nous recevions les appels sortants et les appels entrants d'un service à la clientèle qui était à ses débuts. Ma compagne de travail, Leslie, était une gentille femme en moyen âge. Elle ne pouvait pas comprendre comment je pouvais mener une vie si active et encore travailler sans plus de retard, ce qui m'arrivait de temps à autre. Elle me regardait en secouant la tête et disait: «Comme ce serait beau d'être encore jeune.»

Plus de travail par équipes; je travaillais de jour seulement. C'était très accommodant pour nous, mais désastreux pour le lever chaque matin. Le retard au travail devint tellement régulier que mon patron ajoutait des heures de surplus pour compenser pour le temps perdu. Il me fit même un horaire où je pouvais commencer plus tard le matin et terminer plus tard le soir.

Je m'en souviens comme si c'était hier. Toujours la même vieille routine: boisson, coucher tard dans la nuit et retour au travail comme une zombi avec laquelle patron et co-travailleur devaient se débrouiller. C'était un de ces matins que je recevais cet appel de maman qui me sommait de me rendre immédiatement à l'hôpital. Ashley venait d'y être admise d'urgence couverte de meurtrissures partout sur son corps. Laurent était en proie à une inquiétude telle qu'il en était malade et maman devait garder Mia. Tous les autres étaient au travail aussi mais il était impossible pour elle de les rejoindre.

Encore sous les effets néfastes de la veille, j'avais de la difficulté à comprendre tout ce que maman venait de me dire.

«Je vais faire mon possible, mom.....» mais la conversation fut interrompue. Maman venait de couper avant que j'aie eu le temps de lui expliquer que je venais d'arriver à mon poste avec déjà une heure de retard. Je courus à mon patron et d'une voix de panique je lui dis: «Ma sœur est arrivée à l'hôpital et c'est urgent que je m'y rendre!»

«T'y rendre» me dit-il. «Tu viens d'arriver. Je n'ai personne pour te remplacer. Tu dois occuper ton poste et répondre au téléphone jusqu'à ce que Leslie arrive dans trois heures d'ici. Tu comprends que je n'ai pas le choix et si tu insistes et que tu pars, ne t'inquiètes pas de revenir.»

Et voilà! Tout ce temps que j'avais abusé de la bonté des autres, tout cela me rattrapait aujourd'hui.

Sans autre choix je retournai à mon tableau, à mon poste de téléphoniste, les yeux pleins de larmes. Je pleurais de peine, de déception et aussi d'inquiétude. Qu'est-ce qui se passait à cette minute avec Ashley. Les appels arrivaient tellement drues que les trois heures avant l'entrée de Leslie passèrent vite.

Sans avertir, je partis à la hâte à midi tapant, en ce jour très froid de février. J'avais mis mes bottes et j'enfilais mon manteau en courant tout le long à l'hôpital St-Joseph. A bout de souffle d'avoir couru ce quart de mille de trajet et à moitié gelée, j'entrai dans la chambre.....elle était vide! Maman guettait mon arrivée car comme je retournais au bureau d'information pour d'autres renseignements elle me cria: «Tu es trop tard ! Je t'avais demandé tout de suite! Maintenant il est trop tard.»

Nous sommes tombées dans les bras l'une de l'autre et nous avons pleuré. La journée de son vingt-troisième anniversaire de naissance, ma sœur mourait de leucémie. Sans avertissement au préalable, sans préparation de rien, elle mourait. C'était le choc total !

Comme une fantoche automatique, sans penser, je repartis comme j'étais venue, en courant et pleurant jusqu'à mon retour au bureau du «C.P. Rail.» Là je m'assis sur ma chaise, devant mon mur de lumières à la réception et regardais droit devant moi. Mon patron a dû téléphoner à Justin car je me suis réveillée chez-nous dans mon lit.

J'avais manqué de dire au revoir à Ashley. J'avais manqué une dernière heure avec elle, les dernières minutes de sa vie. J'avais voulu y aller à l'hôpital, mais on m'avait refusé ce droit. La rage, la déception me criaient vengeance.

La terrible secousse que me donna l'annonce de la mort si subite de ma sœur déclencha en moi une crise révolutionnaire avec laquelle s'envola une partie de mon âme.

Les obsèques d'Ashley eurent lieu au salon funéraire de la coopérative. Je pouvais m'y rendre à pied de ma demeure. La salle était remplie de parents et amis. Un hommage fut rendu par un ami de la famille et en peu de temps tous pleuraient de chagrin.

Ashley était une enseignante de la commission scolaire catholique et plusieurs de ses collègues étaient des religieuses. Pendant le court service, l'une d'elle se tenait près de moi au moment où j'étais emportée par les sanglots, «Chante,» me dit-elle doucement, «cela va atténuer ta peine.»

«Chante-toi,» je lui réponds et je sortis brusquement du salon.

Tout au long de ces deux jours je devais contrôler mes angoisses. Je me demandais: pourquoi ces vieilles tantes et ces vieux oncles l'avaient-ils échappé eux. Je voulais crier. Ils étaient vieux mais vivants, pendant que pauvre Ashley, si jeune, reposait là sans vie. Pourquoi Dieu permettait-il cela? Ashley, ma merveilleuse sœur avait une bonne vie, un emploi valorisant, un foyer avec un époux si aimant et une fillette qui en avait tant besoin. Tant de gens comptaient sur elle. Elle avait encore tant à donner. La mort était venue mettre un terme à tout ça.

J'étais si ébranlée: le refus, le choque, la colère, la culpabilité, le chagrin! Tellement de chagrin! Jamais je ne reverrai ma sœur; ne plus lui parler, ne plus la contre-dire ou lui demander conseil, ne plus pouvoir l'aimer comme avant. On me l'avait volée, elle était perdue à tous les autres aussi.

Laurent était inconsolable. Assis près du cercueil, il regardait sans rien voir. Un pot de fleurs fut heurté et le ramena à la réalité. Il se mit à pleurer sans réserve pour quelques heures.

Ma sœur Reba prenait soin de Mia, qui était assez vieille pour savoir que tout n'était pas bien, mais encore trop jeune pour comprendre la tragédie de ce qui se passait. Elle était loin de pouvoir assimiler cette énorme perte qui était sienne. S'adaptera-t-elle jamais? Qui la consolera dans ses excès de colère? Dans ses besoins d'affection, que fera Laurent laissé seul à élever Mia? Ashley avait toujours été la matrone, celle qui en tout temps savait imposer l'autorité et juger les comportements. Elle savait aussi être bonne et charitable. Maintenant, Laurent et Mia, devront revoir ensemble leur vie et s'en refaire une autre à leur image. Papa et Mia tous les deux seuls pour toujours. Réussiront-ils ?

Nous étions tous sous l'état de choc. Nous devions pour le moment vivre notre deuil.

Chapitre 21

Les semaines et les mois qui suivirent eurent un effet marquant sur ma vie et celle de toute ma famille. Chacun à sa façon et en son temps vint soutenir Laurent et Mia dans le but de leur aider à reprendre une routine de vie, soit en faisant du ménage de maison, soit en s'offrant de garder Mia, ne fusse que quelques heures ou même une fin de semaine, soit pour préparer le souper ou quelques plats pour eux de temps à autre et allégir les tristes retours à la maison après le travail et l'école.

Pour ma part je prenais Mia pour les fins de semaines, ce qui permettait à Laurent des moments de répit afin qu'il puisse mettre de l'ordre dans ses idées sans avoir à s'inquiéter de sa petite. Quand je regarde en arrière, aujourd'hui je réalise que ce fut le pire entrave au rouage si parfait de ma vie. Comme je l'ai déjà mentionné, les enfants et moi ne faisions pas le meilleur des ménages. Mais Mia approchait ses neufs ans. Brutus et Justin jouissaient beaucoup de l'avoir autour.

La simple présence de Mia faisait de Justin un homme différent. Il devenait moins misogyne et plus protecteur et paternel. Ils partaient en bateau pour de longues promenades allant même à la plage, l'endroit où il ne voulait jamais m'accompagner, disant qu'il n'aimait pas se baigner. Ils ne revenaient qu'à la brûnante.

Mia adorait Justin. Il était son héro. Il semblait même qu'elle flirtait avec lui, admirant chacun de ses mouvements, goûtant avidement chacune de ses paroles. Elle était heureuse d'être loin de chez-elle et elle se sentait libre. Avec son père, elle devenait celle qui prenait soin de la maison, du lavage, du passage de l'aspirateur et celle qui décidait ce qu'on mangerait pour souper. C'était beaucoup de responsabilités pour une fillette de neuf ans. Brutus aimait Mia tellement qu'il devenait excité dès qu'elle prenait le chemin de notre maison. Avant qu'elle soit aperçue sur la route, Brutus indiquait sa venue. Sa queue s'agitait et tout son corps s'animait de joie à son arrivée.

Durant ses nombreux congés où Mia était avec nous, Laurent semblait essayer d'avoir une sorte de vie sociale.

Gloria était une jeune femme de son village natal. Elle était petite, aux cheveux noirs et aux yeux bruns. Tout comme Laurent elle avait la voix douce et se révélait très gentille et aimable. Elle s'introduisit lentement et finement dans sa vie. Laurent était heureux comme il n'avait pas été depuis des mois, mais Mia voyait cette relation avec un mauvais œil et affichait une attitude critique qui devenait de plus en plus subversive.

Si Gloria s'achetait une bourse neuve ou un vêtement, Mia se devait de vouloir un truc de même valeur. J'essayais autant que pouvais de lui expliquer que Gloria gagnait sa propre argent et qu'elle était en mesure de faire les achats qu'elle voulait, mais Mia restait implacable. Elle était convaincue que Gloria dépensait l'argent de son père. Depuis la mort de sa mère, Mia avait été le centre de la vie de Laurent. Avant l'arrivée de Gloria, elle était la seule à bénéficier de l'attention totale sans-pareille de son père et se voyant tout-à-coup obligée de partager avec une autre femme cet amour qui était sienne était inacceptable. Alors, Mia n'avait qu'une idée en tête; paraître plus vieille que son âge en se maquillant ce qui, peut-être, lui vaudrait le droit d'être consultée et de participer aux conversations des adultes concernant les sujets qui touchaient sa vie.

Sitôt après, Laurent annonça à Mia qu'elle n'avait pas de choix et qu'elle devait accepter Gloria comme belle-maman. Ce fut un tournant crucial pour elle.

Chapitre 22

Mia était maintenant une enfant de neuf ans qui s'habillait comme une jeune femme de dix-huit ans. Dans le but de séduire, elle était devenue une jeune nymphette écervelée, pour ainsi exciter l'intérêt chez la gente masculine.

Ses parents lui permettaient d'utiliser légèrement le maquillage car elle avait une passion folle pour ces produits cosmétiques. Alors à leur insu et dans sa hâte de partir sans qu'ils la voient, elle s'appliquait des couches et des couches de fard à paupières et de crayon ligneur aux couleurs bleu foncé et noire avec un rouge à lèvres éclatant.

Sa garde-robe préférée se limitait à une mini-jupe de cuir noir avec un beau gilet rose bien serré. Quel cliché!

Un jour qu'elle arrivait pour visiter je lui fis cette remarque. «Tu as l'air d'un raton-laveur avec tout ce maquillage!» Roulant les yeux d'un geste furibond avec un air de – tu ne connais rien- elle me répondit,«J'aime ça comme ça.» Quand on essayait de la guider en quoique ce soit, c'était pour elle comme une accusation, un jugement. Heureusement, elle n'était pas ma propre fille. Justin prenait de plus en plus sa défense. Elle se plaignait à lui de sa situation à la maison alors il lui donna la clé de notre demeure, un lieu de refuge pour fuir l'autorité parentale. En retour, Mia venait après la classe faire un beau ménage. Je lui en étais très reconnaissante et lui offris même une petite rémunération pour son travail. C'était incroyable tout ce qu'elle faisait d'ouvrage en quelques heures.

Nos voyages au chalet et nos fêtes se continuèrent. Mia devenait une addition permanente à notre famille. Plus on essayait de l'initier à s'habiller mieux, plus elle s'y opposait. Elle entrait tard le soir après avoir marché le long trajet de vingt à vingt-cinq minutes de chez ses parents à chez-nous. Un soir qu'elle entra passé minuit je lui demandai si elle avait eu un tour.

«Non,» qu'elle me répond, «j'ai marché.» Je blêmis. «Tu as marché?» Que serait-il arrivé si quelqu'un t'avait seulement ramassée? C'est un coin de la ville qui est dangereux pour une jeune fille comme toi de s'y retrouver seule. Tu ne marches pas si tard par toi-même. Est-ce que ton père est au courant que tu as marché ici ce soir?»

«Il ne pense pas à moi. Gloria et lui sont trop occupés pour s'inquiéter où je suis. Je lui ai dis cet après-midi que j'allais coucher chez une amie ce soir et il ne m'a même pas demandé chez quelle amie! En plus, je peux très bien prendre soin de moi-même. Et si quelqu'un me ramasse, pourquoi me ferait-il du mal. Je lui donnerais simplement ce qu'il veut et ce serait tout,» me répondit-elle d'un air abérant.

Je n'en croyais pas mes oreilles. Je n'ai pas eu le temps d'en ajouter que Justin prit la parole.

«Elle est ici maintenant. Arrête de t'en faire. Elle est en sécurité ici.» Et sur ces mots, le sujet fut clos. Oui, le sujet était clos, mais pas oublié. Je sentis mon être frémir. J'eus l'intuition soudaine qu'une menace évidente se tramait contre moi. Mon bien-être était en danger. Une ombre planait sur mon bonheur.

Brutus demeurait mon fidèle ami; mon confident. Je lui parlais, il m'écoutait sans rien dire. Parfois il me regardait comme s'il comprenait tout. Si seulement il pouvait me conseiller.

Chapitre 23

Un autre Jour de l'An! Fêtes, fêtes, fêtes et encore des fêtes! Cependant cette année se présentait un peu différente des autres. Ma sœur Reba, qui venait de se séparer de son époux, nous visitait plus fréquemment. Reba, une jolie femme aux yeux bleus et cheveux blonds avait de la difficulté à s'adapter à sa nouvelle vie de maman avec deux jeunes garçons. Elle s'ennuyait.

Justin avait décidé qu'elle manquait d'entrain dans sa vie et lui suggéra de nous accompagner dans nos sorties. Roy et Jason, ses deux enfants, âgés de huit et six ans, étaient très aimables. Quand une gardienne pour eux s'imposait, Mia était la candidate élue.

Ryan, un des nombreux amis de Justin, s'intéressa vite à Reba. Il était grand, robuste et un peu costaud. Reba disparaissait en entier quand il la prenait dans ses bras. Elle l'appelait son gentil gros ourson. Ils s'adonnaient si bien ensembles.

Maintenant notre famille se composait de Ryan, Reba, ses deux garçons, d'un ou de deux des amis de Justin, et immanquablement Mia et Brutus. Mia suivait comme gardienne quand nous partions en fête.

Grace et Marvin Meyers, nos voisins du lac, étaient nos meilleurs amis pour les «parties». Grace, une enseignante, attendait avec enthousiasme sa retraite pour vivre à plein à leur petite maison de campagne. Elle aimait l'enseignement mais elle anticipait une retraite pour vivre hors d'une salle de classe remplie d'adolescents à contrôler. Elle se devait d'être sévère tout en se faisant aimer d'eux.

Marvin était un «foreman» retiré d'Inco et demeurait déjà au chalet. Grace, qui ne conduisait pas, voyageait aussi avec nous pour venir rejoindre Marvin les fins de semaines.

Nous passions nos courts séjours entièrement occupés avec nos rallyes de motoneiges en hiver, nos fêtes de plage en été, du vendredi au dimanche soir. Après souper il ne nous restait qu'à ramasser nos bagages, empiler le tout dans l'auto et retourner afin d'aller travailler le lundi matin, tous faisaient partie de notre convoi régulier. On aurait dit un cirque de membres associés par hasard tous de différents âges se regroupant prêts à donner un spectacle.

Ce dimanche soir, Ryan et Reba venaient de partir pour la ville. Justin, Mia et moi terminions les dernières courses du chalet à l'auto. Brutus faisait une randonnée finale autour de la cour. Comme je sortais pour hâter un peu le moment du départ, j'entendis soudain un jappement de détresse et Justin lança un juron ce qui n'était vraiment pas dans ses habitudes. Que se passait-il?

Mia émit un terrible cri! Et...Mon Dieu mais quelle odeur ! Une puanteur horrible se répandit à travers toute la cour et s'infiltra immédiatement dans le chalet quand Brutus se rua à l'intérieur.

«Brutus a eu une moufette!» créa Mia.

«Mais c'est plutôt la moufette qui a eu Brutus» corrigea Justin.

Pauvre Brutus! Il se glissait sur le tapis, se roulait, se tordait en essayant de se libérer de cette senteur qui semblait nous étouffer.

«Qu'est-ce qu'on fait maintenant?» J'étais dépassée par ce qui arrivait. «C'est impossible de nous rendre en ville avec cet effluve nauséabonde dans l'auto.»

«Je vais voir si Grace à une idée comment nettoyer le chien,» dit Justin. Aussitôt dit, aussitôt fait. Justin arrive vite et fait part à Grace et Marvin de ce malencontreux incident.

En moins qu'il ne fallait pour le dire il revenait emportant deux pleines boîtes de jus de tomates.

«Grace jure que ceci est la bonne solution, mais elle n'en a que deux boîtes. Il faudra appliquer ce jus sur Brutus dans l'évier car nous n'en avons pas assez pour utiliser la cuve.» Alors Justin retenait la pauvre bête terrifiée pendant que je vidais en étendant le liquide sur tout son corps. Comme une poupée de guenille le chien se faisait docile ce qui nous permettait de pouvoir le nettoyer. Par ce temps tous nos vêtements se trouvaient empestés. Nous avons rincé maintes et maintes fois la fourrure de Brutus. Pendant que nous nous changions de linge à nouveau et que nous avions mis en sacs celui puant, le chien allait dehors et se frottait sur l'herbe afin d'enlever les restes d'eau et de savon imprégnés dans son beau manteau. Et hop-là en auto nous sommes partis.

Si nous avions pu enfiler Brutus dans un sac lui aussi aurait été bien, mais c'était assez de stress et de fatigue pour une journée. Il se coucha et dormit tout le long du voyage avec Mia à son coté.

Le chemin du retour fut long car tous nous avions hâte de prendre un bon bain pour enfin nous libérer des dernières senteurs qui semblaient ne pas vouloir nous quitter.

Justin n'arrêtait pas de tourmenter Brutus. Tout au long il n'avait qu'à dire: «Aïe, Brutus! regarde une mouffette!» Là, le chien mettait sa patte sur ses yeux et geignait. Nous deux, Mia et moi, demandions à Justin de s'il vous plait arrêter ce jeu; simplement quand il le nommait «baby la pew,» cela déclenchait une réaction de chacun de nous. Je suppose que notre bonne intention était de faire voir à Brutus que jouer avec les bêtes puantes n'était pas une bonne affaire.

Enfin rendus à Sudbury, je pris ma douche et me couchai complètement épuisée.

Chapitre 24

Dès le début de l'année nouvelle je réalisai que j'avais besoin d'un changement. J'étais fondamentalement écœurée d'être fatiguée tout le temps. Depuis des mois déjà je ne dormais jamais sans avoir de ces terribles cauchemars.

Croyant que mon dilemme était causé par le stress, je décidai de consulter mon docteur dans l'espoir qu'il me prescrirait quelque chose qui m'aiderait enfin à voir clair dans ce problème de ma vie quotidienne. Au lieu de me donner des pilules il me suggéra d'arrêter de travailler pour un peu de temps et de seulement me relaxer. Je décidai alors de laisser mon travail, ce qui n'a pas plus à Justin. Une coupure drastique dans nos revenus serait difficile pour nous. Même en recevant de l'assurance chômage, le montant serait beaucoup moins que ce que je rapportais à la maison chaque deux semaines. Et comme je quittais mon travail je subirais une amende de deux semaines sans recevoir aucun revenu. Chaque fois que je lui demandais des sous pour acheter quelque chose il me rappelait toujours que si je travaillais j'aurais mon argent à moi. Mon plan était de prendre du temps pour moi-même et relaxer pour m'aider à récupérer ma santé et mon bien-être.

Après deux semaines à nettoyer autour de la maison, je ne me sentais pas mieux. Je décidai de demeurer quelques jours au chalet pour un repos total de tout. Comme Justin devait rester en ville pour son travail, je m'en ennuyais et je devenais plus dépressive.

Justin, au contraire, semblait se plaire d'être par lui-même pendant la semaine. Il était même plus heureux de ma décision de ne plus travailler. Il se vantait à tous ses copains du grand bien qu'il en retirait d'être seul toute la semaine.

Justin s'absentait hors de la ville de plus en plus pour des voyages d'affaires et la fin de semaine nous retrouvait avec cette belle grande famille dont nous nous étions chargé.

Les lamentations constantes de Mia concernant Gloria et les restrictions que son père essayait vainement de lui imposer ne faisaient qu'ajouter à mon stress. La seule personne qui semblait me supporter dans tout ça était ma sœur Reba.

«Ma vie est comme un vilain carrousel qui tourne en rond et je veux débarquer!» j'expliquai à Reba un jour.

«Je comprends moi,» dit-elle, «pourquoi tu es si fatiguée tout le temps. Vous n'arrêtez jamais! Justin a besoin de ralentir et d'apprécier ce qu'il a au lieu de toujours chercher un nouvel élan d'adrénaline. Ryan tient à dire que Justin « court trop de lièvres à la fois.»

« Que veut-il dire par ça?» je demandai. «Je ne sais pas pour certain. Il dit souvent des choses semblables. Quand je le questionne plus loin, il se tait comme un chien muselé. Il ne parle plus. Peut-être devrais-tu en parler avec Grace. Elle en sait sans doute plus que moi.» me repondit Reba.

Et avec ceci en tête, je décidai d'en parler à Grace pour voir ce qu'elle aurait à dire de tout ça.

Pour moi, je pensai que le problème était Mia. Sa façon de tourner autour de Justin m'irritait beaucoup et chaque fois que j'en parlais je devenais la grosse méchante qui voyait du mal partout. Justin m'affirmait seulement que Mia trouvait confort en s'ouvrant à lui. Il me rappelait qu'en étant son meilleur ami, lui évitait qu'elle rente dans d'autres problèmes qui pourraient être plus sérieux. Et si j'osais vouloir élaborer la question plus loin, je me faisais dire de «lâcher prise».

«Je dois retourner voir mon médecin,» j'informai Reba, en vue de changer de sujet. «J'ai encore une de ces infections du vagin.»

«Encore? Tu n'en as pas eu une le mois passé?» demande Reba.

«Ouais....je m'en débarrasse et ça revient aussi vite. J'ai toujours peur quand nous faisons l'amour car ça tient à revenir tout de suite après. Si nous pouvions seulement rester à la maison et relaxer pour un change peut-être que mon corps pourrait redevenir normal.»

Reba me regarda comme pour me dire qu'elle aurait quelque chose d'autre à ajouter. Elle se retourna simplement et suggéra, «Mia devrait se trouver des amis de son âge et arrêter de dépendre sur Justin pour la conduire ici et là.»

Et voilà.....la confirmation que je devais sortir Mia de ma vie. Elle, partie, Justin aurait plus de temps pour moi, pour voir à mes besoins et me dorloter un peu.

Chapitre 25

Ce même soir je suggérai à Justin que je préférerais laisser Mia à la maison cette fin de semaine. Il eut alors un changement d'humeur incroyable.

«C'est quoi ton sapré problème? Tu ne veux plus avoir de sexe car tu es toujours trop fatiguée. Et là tu décides que Mia te tombe sur les nerfs. Peut-être que c'est TOI qui devrais rester à la maison.» me cria-t-il.

Ce fut la fin de notre discussion. C'était ma faute! Mon problème! Il avait raison en ce qui concernait le sexe. J'aimais le sexe, mais ces démangeaisons désagréables m'empêchaient d'en désirer et c'était la dernière chose que je voulais en ces jours.

Je retournai voir mon médecin et me fis très insistante. Il se devait de faire quelque chose pour moi. Il me suggéra une vie sexuelle minimale. Je présumai qu'il me croyait seule et que j'avais plusieurs différents partenaires.

C'est en ces temps-là que je réalisai que d'avoir quitté mon emploi fut pour moi une grande erreur. Mon plan avait été de prendre une année de congé. J'adorais pouvoir me lever quand je voulais; prendre les choses doucement en prenant de longues marches avec Brutus. Il fut pour un temps que même les sorties des fins de semaines n'étaient plus agréables pour moi. J'aimais faire de l'artisanat et maintenant le temps me permettait d'en faire. Mais, j'ai vite réalisé que tout cela devenait dispendieux et que sans emploi je ne pouvais me le permettre plus longtemps.

Encore une fois, en examinant ma vie je me rendais compte que je dormais vraiment bien durant la semaine chez-nous mais, que durant la fin de semaine au chalet, mon sommeil était interrompu par ces cauchemars qui me revenaient constamment.

Mes rêves semblaient si réels et toujours suivant le même patron. Je devenais partiellement réveillée par des petits rires nerveux et des gémissements passionnés qui semblaient venir de la chambre voisine. J'essayais de me réveiller assez pour me lever et aller voir, mais je ne pouvais lever ma tête complètement de l'oreiller pour faire quoi que ce soit. Et j'essayai d'expliquer ça à Justin.

«Tu es folle! Tu laisses ton imagination prendre le dessus sur toi! Oublie tout ça!» me cria-t-il.

Mes rêves persistaient. J'avais hâte aux jours de la semaine pour pouvoir enfin bien dormir.

Deux nuits bien remplies d'un bon sommeil réparateur me donnait le goûts d'essayer encore.

«N'allons pas au chalet cette fin de semaine.» je suggérai.

«Ne pas aller au chalet! Tu es folle! Je ne peux pas faire ça à Mia. Tu sais comment elle compte sur ces fins de semaine,» me dit-il en colère.

«Mia!! Et moi là-dedans!» j'ai répondu.

«Oui et quoi Toi! Tu raisonnes de plus en plus comme une vieille garce énervante. Tu as besoin d'un psychiatre. C'est ce que tu as besoin,» me cria-t-il frappant la porte en sortant.

Une autre fois il ne revint à la maison que le lendemain matin juste à temps pour prendre une douche et aller travailler.

Plus tard ce jour-là, un bouquet de roses était délivré à la maison.

Durant toute la semaine qui suivie c'était la vie comme à l'habitude. Justin travaillait et tout se passait bien, pourvu que je ne disais rien de négatif concernant Mia.

Pour empirer la situation, mon infection se manifestait à nouveau comme sur un horaire prévu. Sitôt les antibiotiques finis, dans l'espace de quelques jours mes problèmes recommençaient. Que faire ?

Chapitre 26

Une autre fin de semaine arriva et nous partions pour le chalet comme la famille bien heureuse que nous prétendions être.

Justin maintenait toujours ceci: «que tu sois bien ou que tu sois mal, tu n'as qu'a nié....nié.... et les gens restent toujours à se demander qui est bien ou qui est mal et tu détiens toujours le bénéfice du doute.» Et là, un sourire aux lèvres, je déniais toutes allégations insinuant que quelque chose n'était pas parfaite dans ma vie.

Cette fin de semaine là, Justin et Mia étant partis en bateau, je décidai de prendre l'opportunité pour parler à Grace.

Partout, ça sentait le printemps et l'été se pointait aux quatre coins. Je commençai la conversation par une note très plaisante en demandant à Grace ce qu'on verrait pousser dans son beau jardin cette année. Grace était très perceptive.

«Qu'est-ce qui ne va pas ?» me demanda-t-elle dès la fin de cette deuxième phrase.

Je ne pouvais dénier. Grace me regardait les larmes aux yeux. Mon cœur se saisit et le flot de larmes retenues depuis des mois jaillit comme un barrage lequel on venait d'ouvrir toutes grandes les portes. Pour la première fois depuis des années je parlais ouvertement et honnêtement suppliant pour qu'on m'aide. Grace encaissa tout et me réconforta autant qu'elle put.

«Je vais parler à Justin,» me dit-elle. Je trouverai quel est son problème.

J'étais si reconnaissante! Elle comprenait. Elle ne croyait pas que j'étais folle! Elle s'offrait de m'aider à trouver le nœud, le pourquoi de ce qui arrivait. Enfin un petit espoir, une lumière au bout de ce noir tunnel.

C'est en cette période que Justin avait fait la connaissance d'un couple de Thunder Island, en Floride. Thérèse et Carlo, un super couple, vint compléter notre famille déjà assez nombreuse. Leur amour de la moto-neige était si grande qu'ils partaient chaque hiver des États-Unis pour venir dans le nord de l'Ontario et jouir de toutes les activités qu'ils pouvaient s'offrir. Ils participaient à nos «parties» avec tant de passion.

Carlo était travaillant. Il aimait le plaisir et un de ses buts principaux dans la vie était de pouvoir venir au Canada. Sa femme Thérèse rudement costaude, avait été artiste stripteaseuse qui avait déjà pesé quatre-vingt dix-huit livres et le party pour elle était une seconde nature.

C'était un de ces «weekend» où nous n'avions pas arrêté du vendredi soir au samedi toute la journée.

Un malencontreux accident faillit coûter la vie à Thérèse. Comme elle n'était qu'à ses débuts pour conduire sa moto-neige, elle partait lentement et doucement, si doucement que la moindre épaisseur de neige mouillée empêchait sa machine d'avancer et celle-ci s'enfonçait tellement que quatre hommes bien robustes avaient de la difficulté à la remettre sur la trace. Les skis sous la machine gelaient et en quelques minutes, la moto-neige pesait trois fois plus. Nos pieds se mouillaient dans ce mélange froid de neige et d'eau, sans parler d'une possible crise cardiaque qui risquait d'arriver pendant qu'on forçait éperdument à sortir de l'impasse une machine embourbée.

Nous nous préparions à partir de Pine Lake Lodge après avoir dansé et bu toute la soirée. Carlo mit en marche la machine de Thérèse et procéda à partir la sienne.

Tout à coup Thérèse partit comme une balle. Hors trace, elle se mit à zigzaguer entre les arbres se traçant une route sur le parterre. De là elle partit vers les eaux, tomba d'une pente de dix pieds et s'élança sur le lac. Carlo était hypnotisé.

«Est-ce Thérèse ça?» demanda-t-il complètement déconcerté.

«Quelque chose ne va pas! Elle s'en va en sens contraire, vers les rapides!» s'écria

Justin qui sauta sur sa machine à sa trousse pendant que tous suivaient derrière.

Et, Thérèse filait! filait! à plein. Tout à coup j'aperçus quelque chose de noir sur la glace. En approchant j'ai reconnu Thérèse. Elle était assise, criant et pleurant. Je m'arrêtai et vite courus vers elle. Aussitôt, je l'entourais de mes bras pour la rassurer. J'étais si heureuse qu'elle était sauvée. Elle s'en tira indemne mais très secouée.

«La conduite d'essence était gelée! Je ne pouvais arrêter alors j'ai sauté en bas! J'avais si peur !» me dit-elle en tremblant. Tout en riant et en pleurant je ne pus m'empêcher de lui mentionner comment je trouvais sa manière de conduire une vraie fantaisie, surtout entre les arbres.

Entre-temps, Justin, Fred, Marvin et Carlo continuaient encore à la poursuite de sa machine inconscient que Thérèse l'avait abandonnée. A distance, nous pouvions les voir tous les quatres, arrêtés tout près des rapides. Alors, Marvin décida de revenir vers nous. En voyant Thérèse, il tourna carré pour retourner vers les autres. Justin, Fred et Carlo étaient arrêtés et observaient les eaux.

Ils visaient ce trou noir essayant de voir si on devrait y plonger pour sauver Therese. C'était si froid que pendant que chacun hésitait, Marvin arriva et leur fit part de ce qu'il venait de voir. Au même instant un cri de soulagement s'échappa de Carlo, heureux de savoir Thérèse saine et sauve. Nous sommes retournés au chalet ébranlés mais heureux que tous étaient en sécurité

Quand une telle chose arrive nous sommes portés à penser comment fragile peut être la vie. Nous étions si reconnaissants ce soir-là. C'était un de ces rares samedis où chacun se coucha pas mal sobre malgré une consommation abondante durant toute la journée. Tous semblaient vouloir rendre un hommage à Thérèse pour ses prouesses et sa conduite miraculeuse. En ce qui concerne sa machine, elle restera là où elle reposait jusqu'au printemps.

Chapitre 27

Il me semble que quand les choses se mettent à mal tourner rien ne peut en changer l'élan.

La fin de semaine qui suivit, emporta un autre évènement tragique. Laurent et Gloria étaient partis pour visiter des amis à Ottawa et Mia avait été convaincue de les suivre. Enfin!

Deux fins de semaines de suite sans Mia. J'étais si heureuse que je ne faisais que sourire.

Comme d'habitude nous arrivions au chalet tôt le vendredi soir. Nous avons été surpris de voir des rubans rouges qui traversaient la propriété de mes parents. Là je me suis souvenue que l'été précédente, le voisin d'accôté, ayant voulu déterminer les frontières de sa propriété et celles de mon père, avait déclenché un argument assez choquant. Mais j'avais crû comprendre que le problème avait été résolu. Papa clamait que ce voisin déplaisant l'accusait d'empiéter sur son terrain, ce que déniait mon père. Sans doute qu'il avait trouvé le moment opportun, vu l'absence de mes parents en vacances en Floride pour l'hiver, d'engager des ingénieurs pour prouver son point.

Passant devant la maison je résolus que je devais protéger leurs biens. Je téléphonai à maman pour lui dire ce qui se passait. Papa me rassura et me dit que je n'avais rien à craindre. Sans être complètement convaincue de la chose je décidai de ne plus m'en faire à ce sujet et de jouir du reste de la fin de semaine avec Justin.

Le lendemain, une forte odeur de fumée nous réveilla. Le feu était pris quelque part. Je me levai aussitôt, courus à la fenêtre et me mis à crier. Le chalet de mes parents était en feu. J'ai aussitôt appelé le département des pompiers pendant que Justin s'habilla à la hâte et s'enfuit voir si quelque chose pouvait être fait.

Quelle étrange situation ! Mes parents étaient partis depuis octobre et maintenant, en plein milieu de février, leur maison brûlait. Pourquoi?

Le temps de nous rendre sur les lieux et les pompiers y étaient déjà. Je les trouvais pas mal insensés! Ils défonçaient portes et fenêtres, ce qui me fâchait beaucoup. Je ne réalisais pas que c'était leur ouvrage et dans ce cas, leur manière de procéder. Ils ont troué les murs ici et là ce qui m'incitait à vouloir leur dire ma façon de penser. L'un d'eux me tassa rudement hors de son chemin et me dit: «Madame nous savons exactement ce que nous faisons. S'il-vous-plaît, laissez-nous faire notre travail.»

«Vous faites plus de mal que de bien!» lui criai-je.

«Mais c'est la seule façon d'empêcher le feu de se propager entre les murs.»

A ce moment j'aperçus ce voisin haïssable qui traversait la cours les bras remplis de bouteilles de bière. Mais à quoi pensait-il? J'ai vite compris qu'en distrayant les pompiers la maison aurait plus de chance de brûler au sol au lieu de rester à moitié debout et salvable. Il pourrait alors réclamer plus facilement la terre qu'il supposait être la sienne. Je voulus intervenir mais Justin me tint à l'égard afin que les pompiers puissent finir leur travail. Les travaillants finirent d'éteindre le feu. Ils nous ont dit que tout avait commencé au grenier. J'étais dévastée. Le chalet de mes parents apparaissait tout vieux et démoli. Pour moi, quand je le regardais, il me semblait tout meurtri et souffrant.

Comme nous n'avions plus rien à faire là, nous sommes retournés à notre chalet. J'ai appelé papa et maman pour leur raconter cette histoire du feu. Maman était si peinée qu'elle passa le téléphone à papa. Je tenais à lui dire que Carlson était le coupable là-dedans. Mon père essayait de me calmer. Il me disait que les feux parfois commençaient sans l'intervention de personne. Peut-être une souris avait-elle mâché le fil électrique? Incapable de le convaincre que j'avais raison de croire le contraire je lui expliquai tous ces piquets mis par les arpenteurs autour de sa propriété. Il se mit alors à rire. C'est alors qu'il me disait que longtemps passé quand on avait arpenté la première fois, il s'était assuré que des arbres étaient plantés là où chaque piquet d'arpenteur était.

«Où sont les piquets originaux?» lui demandai-je.

«Aujourd'hui,» me dit-il, «ils sont encastrés dans l'écorce de l'arbre. Même la tienne ta propriété est marquée de même. Ne t'inquiète pas. Tout ce que nous aurons à faire c'est de creuser autour de l'arbre et nous trouverons la preuve où se trouvent les marques.»

Mon père était toujours un pas en avant des autres en tout. Quand j'ai raconté à Marvin cette épisode il branla la tête et me dit:

«Tu sais, si ton père avait eu une éducation, il aurait été un homme dangereux!»

Tout ce termina et le «weekend» se passa sans autres mésaventures. Je m'aperçus cependant qu'en repartant, aucun piquet n'était resté sur la propriété. Que c'était-il passé? J'étais heureuse qu'ils ne fussent plus là et je voulais oublier toute l'histoire.

Chapitre 28

Les années s'écoulaient! Je vieillissais mais sans devenir plus sage. La belle saison d'été fit place à l'automne et sous le soleil refroidi, l'hiver nous surprenait. Il me semblait que tout se transformait autour de moi excepté ma vie.

Le seize de janvier je commençais un nouvel ouvrage. Avec l'aide d'une bonne amie, de son intercession auprès du patron, on m'offrit un poste comme réceptionniste pour le gouvernement fédéral. Un nouveau début!

Je prenais pour objectif de ne jamais être en retard au poste. Je me couchais à dix-heures chaque soir afin d'être reposée le lendemain. Cela fonctionnait, mais les lundis étaient les plus difficiles à cause de mes difficultés à dormir pleinement durant mes fins de semaine; les mêmes cauchemars revenaient mais je ne pouvais me réveiller assez pour me lever et investiguer.

Ryan et Reba étaient toujours ensembles et ce ne fut pas la grande surprise quand ils aménagèrent sous le même toit. Ils achetèrent une maison à Val Caron. Val Caron aussi appelé « La Vallée» se situait à environ trente minutes de conduite du centre ville de Sudbury.

Un lundi soir, Justin me demanda si j'accepterais que Véronique, la sœur de Ryan et son mari John, nous visitent la fin de semaine suivante. Comme de raison, c'était deux autres personnes ajoutées à notre famille déjà nombreuse. C'était aussi le weekend où Carlo et Therese venaient, ce qui signifiait trop de monde pour notre petit «cottage» surtout si Mia suivait.

En été ça n'aurait pas été un problème avec des tentes ici et là pour accommoder tout le monde.

Je me rappelais une fois où nous étions environ cent cinquante personnes pour deux jours entier à la noce de mon cousin. Il y avait des tentes partout autour; sur le devant même de la propriété ainsi que tout au long de la rivière. Les amis et la famille étaient assis autour du gros feu de camp. On y rôtissait des guimauves et des saucissons. Quelle fête que celle-là!

J'étais persuadée que c'était trop de monde. A ma surprise Justin approuva mais savait que notre priorité était d'accommoder nos amis de la Floride, tout comme la sœur de Ryan et son mari.

Reba avait demandé à Mia de garder les garçons à sa maison dans la vallée. A ma grande surprise, Mia avait accepté. C'était une première. Pour la troisième fois cette année, nous allions au chalet sans Mia.

Toute la semaine semblait traîner tellement j'étais anxieuse au weekend. Même si encore nous aurions plein d'invités, je savais que la fin de la semaine serait merveilleuse.

Finalement vendredi arriva et nous partions pour le chalet. Comme les invités n'arriveraient que le samedi Justin, Burtus et moi aurions un beau vendredi soir romantique rien qu'à nous trois.

Quelle différence! Je me sentais étrangement bien. Même Brutus semblait chercher pour ceux qui manquaient.

Assis devant le foyer, nous avons partagé une bouteille de vin. Je me sentais comme une reine! Seuls dans les bras l'un de l'autre, nous relaxions. Nous nous sommes couchés et avons fait l'amour une belle partie de la nuit. Comme mon homme était bon. Comme je voulais que tous les vendredis soirs soient ainsi. Le lendemain matin, après un profond sommeil, je me suis réveillée bien reposée et sans la présence de ces terribles cauchemars.

Au cours de la journée, les invités arrivaient. Contrairement à John, son époux, un homme court et petit, Véronique était grande et mince. Très gênée,«Bonnie» son surnom, était amicale mais réservée. Ensemble c'était le couple idéal. John était très bouffon, racontant une histoire après l'autre. Les deux nous tenaient très à cœur.

Pendant que les femmes apprenaient à se connaître, Justin nous avertit qu'eux, les hommes, prendraient une courte escapade au dépotoir.

Ceci arrivait de temps en temps ce qui leur donnait l'occasion d'arrêter pour une petit bière froide à l'hôtel de St Charles. Même si en fait, ils devaient se rendre pour vider le camion de déchet, j'étais un peu déconcertée, car en temps ordinaire, un voyage au dépotoir demandait au moins trois heures de leur temps. On me fit la promesse d'être de retour pour trois heures et alors le repas ne serait pas ruiné.

A ma grande surprise les hommes étaient de retour en moins d'une heure.

«Nous avons trouvé un carré de tomates,» me dit Justin. «Juste là, derrière le dépotoir. Vous devez venir avec nous voir ça. Il y a des centaines de beaux plants et nous sommes venus chercher des boîtes pour les mettre dedans. Venez nous aider.» me dit-il.

Je ne le croyais pas. Que faisaient ces plants-là autour du dépotoir? Pourquoi n'ont-ils pas gelés. Il n'y avait pas encore de neige, mais il y avait eu quelques gelées. Ils auraient dû être tous morts. Et là tous ensembles derrière le camion nous allions ramasser des tomates.

Vrai de vrai. Elles étaient là! Je n'avais jamais vu tant de plants de tomates. A mesure qu'on ramassait, je m'apercevais qu'on s'enfonçait de plus en plus dans une boue puante comme un sable mouvant. Même la terre n'était pas congelée.

«Est-ce que je me fais des illusions ou est-ce que ça sent mauvais?» je demandais à John comme nous étions côte à côte entrain de ramasser.

«Peut-être que l'un de nous deux aurait besoin d'aller à la chambre de bain.» me dit-il en riant.

«Ouais, bien ce n'est pas moi,» je répondis en continuant de ramasser. On approchait de Therese et je remarquai que dû à son poids elle s'enfonçait plus que nous. Plusieurs fois je remarquai que Justin lui aidait quand elle descendait trop pour son goût. Il s'approchait d'elle et la suivait juste derrière.

Elle semblait ne pas apprécier l'aide volontaire que Justin lui prêtait.

Ça sent la merde ou il y a un animal mort dans les alentours.» dit-elle. Plus nous continuions, plus la situation empirait.

Tous se plaignaient du sol trop mou et de la senteur nauséabonde, sans parler de l'étrange sentiment d'être où nous n'aurions pas dû être. Quelque chose ne tournait pas rond.

Dans un unanime accord, nous sommes tous retournés au camion. La boîte du camion était pleine de tomates. Heureux de notre trouvaille nous étions anxieux de retourner au chalet pour se laver.

Les hommes embarquèrent dans le devant du camion pendant que nous, les femmes, essayions de faire avec les petites espaces ici et là parmi les tas de tomates.

Environ dix minutes s'écoulèrent et nous nous sommes retrouvés devant l'hôtel. Justin nous aida à débarquer mais pas sans se tenir le nez.

«Wow! Quelle senteur!» dit-il en se retenant de humer ces vapeurs toxiques.

Je remarquais comment il regardait Therese, semblant vouloir lui dire quelque chose. Mais Therese et Bonnie l'ignoraient complètement. Sautant du camion nous essayions de nettoyer nos bottes et le bas de nos pantalons. Nous étions couvert de ce fumier noir et que dire de plus, nous puions.

«Peut-être devrions-nous entrer au chalet et nous nettoyer.» suggéra Therese.

«Non,» de répondre Justin,« nous perdrions trop de temps. Seulement une petite bière vite nous rentrerons manger chez-nous.»

A notre entrée dans l'hôtel, les gens nous dévisageaient.

«Phew! D'où venez-vous? D'un marais?» demanda Charlie l'un des habitués de la place.

«Non,» de répondre Justin. «Nous arrivons du dépotoir.»

«Du dépotoir! Vous sentez comme si vous veniez de tomber dans une toilette extérieure. Le dépotoir a une meilleure senteur.»

Comme nous gênions les gens autour de nous, nous avons vite bu nos verres et nous sommes sortis. Retourner dans ce camion devenait presqu'une chose impossible à cause de l'odeur.

Sans avoir le choix nous sommes montés à bord. Prétendant vouloir l'aider, Justin poussa Therese par le derrière, ce qu'elle n'a pas du tout apprécié. Mais comme une joyeuse bande, nous sommes repartis vers le «camp» complètement entourés de cette odeur envahissante.

Arrivés à la maison et après avoir stationné le camion dans le garage, nous nous sommes empressés de nous nettoyer, prendre une bonne douche et changer notre linge, sans se préoccuper plus longtemps de notre récolte de tomates.

Après le souper et quelques verres bus en relaxant, Grace et Marvin vinrent prendre partie à la fête. Nous étions tous anxieux de les mettre au courant de notre histoire de tomates.

«Il reste beaucoup de tomates. Vous devriez aller en ramasser avant qu'elles gèlent.» dit Justin à Marvin.

«Où avez-vous dit que vous les aviez trouvées?» demanda Marvin.

«Là derrière le dépotoir.» de répondre Justin.

«Le dépotoir! N'est-ce pas là où se trouve le système du tout- à- l'égout?» demanda Grace.

«Le Quoi?»... nous nous exclamions tout ensembles. Et là tout devint clair dans nos esprits. La senteur, les sables casis bitumineux; bon sens!... la chaleur du sol avait empêché les tomates de geler.

Tout ce travail pour rien. Quel embarras nous ressentions maintenant d'être entrés à l'hôtel du village.

Comme nous étions à nous regarder, que de questions nous nous posions. Les tomates étaient-elles bonnes à manger? Pourrions-nous être malades simplement d'avoir marché ou mis nos mains dans cette boue? Chacun avait son opinion sur le sujet.

Nous ne voulions prendre aucune chance et le lendemain les hommes retournèrent au dépotoir pour se débarrasser du lot de tomates.

Le reste de notre vie nous allions référer à cette histoire comme à «l'épisode merdeuse de tomates.»

Chapitre 29

Quelques jours plus tard, nous étions assises, Reba et moi, entrain de nous rappeler ce fâcheux épisode de nos tomates, quand elle me parla de Bonnie. Celle-ci avait beaucoup aimé sa fin de semaine mais déplorait le fait que Justin avait agi d'une manière si stupide et idiote.

«Que voulait-elle dire par cà?» je lui dis un peu fâchée par ce commentaire.

«Elle ne me l'a pas dit, mais je te parie qu'il a essayé de la séduire. Je n'ai pas de preuve, mais la manière qu'il voulait toujours lui aider en lui poussant sur les fesses, elle n'a pas apprécié du tout.

«Bien je pourrais voir Justin faire l'œil à Bonnie parce qu'elle est jolie, mais Therese?..» je répondis essayant de me le figurer poussant sur son derrière.

«Peut-être a-t-elle seulement interprêté la chose de la mauvaise façon?» dit Reba retroussant les épaules.

«Ouais, je suppose que c'est ça.» je répondis essayant de me fermer à toutes possibilités de vérité.

Chapitre 30

Ma sœur Reba venait de commencer un nouvel emploi et avait besoin d'une gardienne pour les deux garçons, Ray et Jason. Naturellement Mia serait la personne idéale. Elle devrait être présente le matin avant qu'ils partent pour l'école et une couple d'heures le soir jusqu'à ce que Reba revienne de son travail.

C'était une chance inouïe pour moi, vu que Reba demeurait dans la Vallée. Mia devra rester chez Reba afin d'être là de bonne heure le matin.

De cette façon Mia n'entrerait plus chez-nous à n'importe quelle heure quand ça lui plairait.

Cet arrangement fonctionna très bien pour les premières semaines. C'est à peu près au même temps que Justin se mit à partir plus tôt le matin et revenait plus tard le soir, passé l'heure que je m'étais proposée pour me coucher tous les soirs.

Voulant me plaindre à Reba, je lui dis: «Je vois Justin que rarement ces temps-ci. Il est toujours parti. Mais au moins il m'envoie des roses de temps en temps.»

«Tu ne sais donc pas qu'un homme envoie des fleurs à sa femme quand il se sent coupable de quelque chose? Pourquoi faut-il toujours que les choses se gâchent?» Répondit-elle.

«Non, je ne crois pas. Les choses vont passablement bien. Notre vie amoureuse est beaucoup mieux, surtout entre mes flambées soudaines de malaises féminins. Je me couche si de bonne heure que je ne l'entends même pas revenir. Sans doute que ce serait plus ma faute que la sienne.»

«Non, Monique, je ne veux pas dire entre Justin et toi, je veux dire que les choses vont mal ici aussi,» me dit-elle.

«Qu'est-ce qui ne va pas? Tu as des problèmes avec ton chéri?»

«Non, mon chéri est merveilleux! Les garçons tiennent à me dire qu'ils veulent être payés pour prendre soin d'eux-mêmes. Je croyais au début que Mia ne leur portait pas l'attention voulue, mais ils m'ont vite corrigée. Apparemment que Mia part avant que l'autobus d'école arrive le matin et ne revient qu'après leur retour de l'école.» m'informa Reba.

«Quoi! Mais où va-t-elle?» je lui demande.

«Je conclue qu'elle a un amoureux, mais je ne suis pas certaine! Je vais le trouver! Je vais revenir demain matin et voir de mes yeux ce qui se passe. Si c'est un ami masculin, elle est hors de ma maison. Elle n'a que treize ans. Je ne veux pas être responsable si quelque chose survenait à cause de ça.»

«Justin la protège tellement. C'est lui qui va être fâché si c'est la vérité. Tu me mettras au courant du résultat de ton investigation,» je lui réponds en fermant le téléphone.

Le lendemain je me couchai plus tard que prévu car j'attendais ce téléphone de Reba. En attendant patiemment son appel je m'installai avec mon tricot, quelque chose à faire pour me distraire. Mais en attendant, Justin fit son entrée.

«Voilà !.. tu es encore debout! C'est hors de tes habitudes.» me dit-il d'un air surpris.

«Oui, j'attends un appel de Reba. Elle a raison de croire que Mia a un amoureux. Elle était sensée chercher une réponse à ça ce matin, mais elle ne m'a pas rappelée pour me dire de quoi il en était.»

Comme je donnais spontanément ces informations, l'attitude de Justin changea. Lui, si solide, si sûr de lui, devint tout à coup troublé et embarrassé. Je décelai dans ses yeux mille et une questions, prêtes à être criées à la fois.

«Que veux-tu dire par vérifier Mia?» demanda-t-il d'un air fâché.

«Tu n'as rien à t'en faire. Mia n'est pas là pour Roy et Jason, alors c'est la responsabilité de Reba d'y voir, non!»

«Et comment va-t-elle faire cela? En se cachant dans les buissons?» dit-il d'un air accusateur.

«Presque,» je répondis en riant. «Elle m'a dit qu'elle reviendrait à la maison ce matin en prétendant être partie. De cette façon elle verrait qui ramassait Mia.»

«Et est-ce qu'elle l'a fait?» me dit-il vitement.

«Je ne sais pas. Elle ne m'a pas appelée encore. Mais pourquoi es-tu si bouleversé. Ce n'est pas notre problème,» lui dis-je.

«Pas notre problème! Je m'inquiète de ce qui pourrait arriver à Mia. Personne ne pense à elle. Tout le monde s'en fiche, qu'elle meurt ou qu'elle vive.»

«Personne? Elle a son père et sa belle-maman. Elle n'a pas besoin de nous.» j'ai répondu en me levant et m'en alla dans la chambre.

Je ne voulais pas d'arguments. Je me suis préparée pour le coucher. J'entendis Justin faire un appel, mais de la chambre je ne pouvais pas comprendre la conversation. Alors, je me couchai espérant que Reba m'appellerait pour m'informer de ses trouvailles.

Chapitre 31

Le lendemain matin, un superbe bouquet de roses arrivait sur mon bureau de travail. Le phénomène se répétait suivant l'argument du soir d'avant. C'était comique de voir l'enthousiasme qui se manifestait autour de ces belles roses. Toutes mes collègues de bureau m'estimaient chanceuses d'avoir un amoureux si intentionné. Justin était leur héro. Elles l'aimaient toutes! Toutes, à l'exception de Sheila.

Sheila était reconnue dans mon milieu de travail pour être celle qui haïssait les hommes. Quelques-unes allaient jusqu'à dire qu'elle était une lesbienne. Elle était grande, maigre et sans taille définie. Elle me faisait penser à un poteau revêtu d'une robe. Une de ces caricatures bâtons que n'importe qui pouvait dessiner. Sa face était longue, sans expression excepté si elle avait un rapport à nous communiquer. Alors ses yeux noirs devenaient perçants comme une fouine prête à l'attaque. Son opinion des hommes valait celle de Justin envers les femmes. C'était la personne la plus négative que j'eusse rencontrée, et aujourd'hui, plus que jamais!

Elle regarda mes roses et avec ses yeux perçants elle me dit: «Pourquoi n'y a-t-il que dix roses? J'ai toujours pensé que ses roses venaient à la douzaine ou la demi-douzaine.»

C'était la première fois de ma vie avec Justin que je comptais mes roses. Vraiment, oui, il n'y en avait que dix.

«Tu es jalouse!» je lui répliquai ne voulant pas m'arrêter sur une chose aussi stupide.

Juste à ce moment, mon téléphone sonna. Je m'éloignai du groupe pour répondre, emportant mes dix roses avec moi. C'était Reba.

«Je regrette ne pas t'avoir appelée hier soir, mais avant de t'en parler je voulais confronter Mia. Tu ne pourras jamais deviner, mais c'était Justin. Il l'a ramassée hier matin. Ils sont partis sans me voir.

Alors je suis revenue de bonne heure cet après-midi et Justin l'a reconduit vers cinq heures, quelques minutes avant l'heure où je serais arrivée normalement.»

«Justin?» je m'écriai sans le croire. «C'était la raison de son grand embarras quand je lui en ai parlé hier soir. Et pourquoi?... pourquoi... il la ramassait? Peut-être voulait-il savoir qui était cet amoureux qu'on lui prétendait?»

«Non...pas d'après Mia. Quand je lui ai demandé, elle me dit qu'il la conduisait à l'école de temps en temps. Quand je lui ai dit les avoir vus partir ce matin beaucoup trop de bonne heure pour l'école et revenir à cinq heures; ce qui devait être au moins deux heures après son école terminée, elle était si dépourvue de réponse qu'elle a simplement attrapé sa bourse et est sortie de la maison. Elle était tellement ébranlée qu'elle a oublié son livre. Tu ne sauras jamais ce qui est inscrit sur la couverture intérieure.»

«Mais quoi? Le nom de son amoureux.» je supposais innocemment.

«Peut-être!» dit Reba, «croirais-tu si je te disais, Mia Lambert, complètement entourée d'un beau gros cœur. Elle a vraiment été prise de panique pour laisser ce livre derrière! Justin ne pensait pas que j'aborderais la question avec elle et il ne l'avait pas préparée. Tu sais Mia n'est pas bien vite à réagir quand elle est attrapée par surprise?»

«Où est-elle maintenant?» je demandai, espérant pouvoir lui parler.

«J'ai appelé son père pour m'assurer qu'elle se rende en sécurité à la maison. Elle est chez-elle.

Pauvre Laurent était tout bouleversé de cette terrible chose,» me dit Reba.

«Veux-tu me dire dans le diable ce qui peut bien se passer,» lui dis-je complètement dépassée par toute cette affaire. «J'en parlerai à Justin à mon retour à la maison. Quelque chose n'est pas bien.»

J'étais sous l'effet du choc! Aussi, je voulais le denier. Je voulais me mentir à moi-même parce que tellement de non sens me trottait dans l'esprit. Toutes ces choses auxquelles je ne voulais pas faire face devenaient évidentes. Le temps était arrivé. La situation avait trop traîné. Les signaux d'alarme qui s'étaient lentement allumés dans ma tête, s'étaient à présent mués en un mugissement apte à me donner une migraine, puissance dix.

Chapitre 32

De retour chez-nous j'attendis avec anxiété l'arrivée de Justin. `A ma surprise, il était arrivé plus vite qu'à la normale. Évidemment il avait parlé à Mia parce qu'il aborda lui-même le sujet avant que j'eus le temps de dire deux mots.

«Comme j'avais un rendez-vous d'affaire dans la Vallé hier, j'ai décidé de ramasser Mia. Et voici avant que tu me poses la question, je l'ai vue qui parlait avec Reba alors je lui ai donné un tour jusqu'à l'école. Vous êtes toutes tellement paranoïaque que bien vite il lui faudra vous faire un compte rendu par écrit de ses activités journalières.» m'informa Justin.

«Est-ce que tu te sens coupable par hasard? Pourquoi toutes ces explications?» je lui demanda.

«Non…je ne suis pas coupable de rien. Je n'ai rien fait de mal si ce n'est qu'être un bon ami pour Mia.»

«Seulement un ami… qu'a–t-elle de si particulier pour que tu réagisses avec autant d'émotions?» je lui dis sans à cet instant, vouloir amener le sujet concernant le beau morceau d'art dans le livre de Mia.

«Autant d'émotions? Tu es celle qui réagis avec autant d'émotions!» me cria-t-il. «Mia n'est qu'une enfant. Elle te croyait son amie, mais tu ne lui parles jamais maintenant. Elle pense que tu la détestes!»

«Je ne la déteste pas. Ou peut-être devrais-je? Savais-tu que s'est écrit Mia Lambert dans son cahier journalier?» je lui criai, incapable de retenir cette information plus longtemps.

«C'est seulement une enfant qui rêve d'amour. C'est de l'enfantillage. Est-ce-que tu n'as pas toi-même écrit telles stupidités dans tes livres?» il me demanda.

Là il me vint à l'idée de ce que Justin prétendait. Dénier… toujours dénier et les autres se croient dans l'erreur. Mais cette fois je ne serais pas la fautive dans cette affaire. Et non plus je deviendrai la cause de problème. Cette fois, mettre le blâme sur le prochain, détourner la conversation pour s'avantager, c'était final. Non, pas aujourd'hui.

«Non! Je suis fatiguée de l'entendre se plaindre de sa vie. Elle n'entend jamais raison. Elle fait à sa tête sans en subir les conséquences.» je répondis.

Encore une fois Justin avait essayé sa stratégie contre moi pour me rendre coupable, mais pour la première fois, les choses se tournaient contre lui.

Alors, il se précipita hors de la maison sans rien n'ajouter. Brutus ressentait ma peine et se blottit contre moi sur le sofa. Ce soir-là je me couchai toute confuse, mais réalisant enfin que tout était possible. Certaines journées je me sentais chanceuse comme une reine, mais aujourd'hui je me sentais la reine des imbéciles.

Le lendemain je téléphonai à Grace lui demandant si elle avait encore l'intention de parler à Justin. Elle m'informa avoir bien essayé, mais qu'il y avait toujours trop de monde autour. Elle me promit qu'elle essaierait une autre fois en fin de semaine qui approchait. J'accrochais le téléphone quand m'arriva par livraison un bouquet de fleurs. Sans hésiter je les comptai. Il y en avait dix….

Pour en avoir l'esprit tranquille, je téléphonai chez le fleuriste.

«Je regrette, madame, mais il y avait douze roses dans le bouquet quand M. Lambert l'a ramassé ce matin. J'en suis certaine car c'est moi qui les ai préparées pour lui. Et en fait M. Lambert a insisté pour que ce soit toujours moi qui préparerais toutes ses commandes à l'avenir.»

«Merci,» lui dis-je et je pendis le téléphone. Je sentais chez elle un mécontentement d'avoir à rendre compte des achats de « M. Lambert ».

Il me semblait toujours avoir plus de questions à mes réponses que de réponses à mes questions.

Chapitre 33

Et les choses continuaient normalement excepté que Justin arrivait plus à bonne heure à la maison et Mia avait repris son poste de gardienne d'enfants.

Deux semaines s'écoulèrent sans problèmes majeurs. Reba appela, «Est-ce que tu as encore cette infection vaginale?» me demanda-t-elle instantanément. Avant que je puisse lui répondre elle m'informa que Mia avait une grosse infection et que je devrais faire mon investigation. Mia jure qu'elle n'a aucun ami et qu'en plus elle ne voit personne. Je te suggère de jeter un coup d'oeil sur les aller et venues de Justin.»

Voilà....Ça y était! Encore une fois en pleine face! J'étais contrariée que Reba puisse penser ça. «Es-tu entrain de me dire que je devrais surveiller Justin car il a une affaire avec Mia. C'est dégueulasse !» je lui répondis.

«Je ne te dis pas cela pour que tu te fâches, mais seulement pour te tenir au courant. Quelque chose ne tourne pas rond,» me dit-elle. «Mais tu n'as pas de preuve!» je dis. `A ce moment, je sentais que je raisonnais comme Justin.

«Aucune preuve de Mia avec Justin, mais Justin a bien essayé de m'avoir du temps où je sortais avec Ryan. Et quand ils font des randonnées et qu'ils rencontrent une jolie femme, Ryan est forcé de partir de son côté afin de laisser libre cours à Justin avec la dame en question. Il disait tout cela en farçant mais....Monique ouvre grands tes yeux. Si je suis incorrecte, je serai vite pour m'excuser, mais tu sais je crois en ce que j'avance. Ne te fâche pas contre moi, seulement sois sur tes gardes en ce qui concerne Justin. Tu veux bien?» me supplia-t-elle.

«C'est bien,» je répliquai et pendis avant que Reba put me dire aurevoir.

La semaine de travail était toujours suivie d'une très grosse fin de semaine. Habituellement, le vendredi c'était la ruée pour se rendre au chalet. Mais aujourd'hui, vendredi, nous n'allions pas au «camp». Nous avions décidé d'aider Ryan qui se préparait à donner une grosse fête pour le vingt-huitième anniversaire de naissance de Reba. C'était une surprise et elle détestait les surprises! Justin et moi étions d'accord pour fêter l'événement au chalet, mais comme Reba s'en douterait, Ryan avait opté pour un romantique souper à la chandelle, afin de camoufler le party surprise qu'il préparait.

«Est-ce que vous allez au chalet cette fin de semaine?» me demanda Reba au téléphone.

«Oui! Tout de suite après l'ouvrage comme d'habitude,» je lui réponds. Elle était en quête d'information sans doute.

«Si j'ai bien compris, Ryan vous a enlignés tous les deux pour un délicieux souper pour deux pour ta fête,» je continuai.

«C'est ce qu'il m'a dit,» me dit-elle avec un air un peu déçu. Je sais que Ryan désire être seul avec moi à ma fête. Ce sera la première fois que Roy et Jason ne célébreront pas avec moi. Ça ne fait pas tout à fait mon affaire.»

«Donne-lui une chance,» j'ai dit, «les garçons vont comprendre.»

Le plan était de faire croire à Reba qu'elle et Ryan seraient les seuls à rester à la maison, pendant qu'il préparerait le repas. Les garçons étaient complices, ce que Reba ne savait pas. Justin ramassait les enfants après la classe, les amenait chez-nous et un peu plus tard nous arrivions tous ensemble pour la surprendre chez elle. Ryan avait demandé à Reba d'aller magasiner quelques heures afin qu'il prépare le repas en question. Il voulait avoir le temps de décorer la maison et de laisser aux invités le temps d'arriver et de la surprendre à son insu.

Tout fonctionnait comme prévu. En chemin pour se rendre dans la Vallée, les enfants étaient tout excités de faire partie de ce bon plan qui serait une vraie surprise pour leur maman. Tous les autos étaient stationnés derrière le restaurant du coin pour ne pas attirer l'attention de Reba à son retour. Les invités étaient transportés à la maison à six heures et demie, ce qui fut fait en plusieurs voyages. Enfin c'était notre tour. J'avais remarqué une très grosse boîte dans le coffre du camion.

«Qu'est ce qu'il y a dans cette boîte?» j'ai demandé.

Roy et Jason rièrent en me disant. «Le cadeau de maman!»

«Qu'est-ce qu'il y a de-dans?» je demandai, intriguée par le fait qu'il prenait presque tout l'arrière du camion.

«Si nous te le disons, nous devrons te tuer.» répond Roy avec un sourire.

«Voyons, je ne dirai rien!» je suppliais de savoir.

«Non pas avant que Reba l'ouvre.» Et ce fut tout ce que je pus obtenir comme réponse.

Ryan avait invité les collègues de travail de Reba et quelques voisins et amis avec leurs enfants pour Roy et Jason. Tous les gens étaient cachés quand Reba arriva à sept heures. Reba s'attendait de voir Ryan occupé à préparer le souper. Quelle ne fut pas son étonnement quand tout le monde crièrent «SURPRISE» à son entrée. Elle se mit elle aussi à crier en portant la main à sa bouche et aussitôt s'enroulant dans son manteau et le tenant bien fermé. Ryan s'approcha, l'embrassa en voulant lui aider à enlever son manteau.

«Non!» cria-t-elle, «je ne peux pas!» Et c'était la surprise pour Ryan car elle était nue sous son manteau. C'est à qui des deux avait eu la plus grande surprise. Et la fête commença. Mais, avant Reba fut permise d'aller dans la chambre pour se vêtir.

Nous avons dansé et bu tout en souhaitant à Reba de chaleureux vœux de bonne fête et tous s'amusaient bien. Vint le temps d'ouvrir les cadeaux. Elle reçut une multitude de cadeaux, du parfum, des boîtes de chocolat, des certificats cadeaux et autres.

Les garçons étaient très anxieux d'entrer la grosse boîte du coffret derrière le camion. Ryan sollicita l'aide des hommes les plus forts car c'était apparemment très pesant. Qu'est-ce qu'il y avait dans ce paquet! On avait de la difficulté à le transporter ou était-ce simplement du faire accroire. Soudain Ryan s'écria: «Attention!» La boîte se déchira! Il en sortit ce qui parut être une très grosse roche. Celle-ci s'immobilisa pour un instant sur le côté, et avec fracas, l'objet défonça un large trou et atterri dans le sous-sol en démolissant tout sur son passage. C'était la consternation! Le présent de Reba venait de détruire une partie du plancher laissant un trou béant sous les yeux abasourdis des amis réunis.

«Mais qu'est-ce que c'est ça?» je m'informai, comme tous se rassemblèrent autour de l'ouverture.

«Je crois que nous aurions dû le laisser dehors. Reba l'aurait admiré aussi bien là et tout ce dommage n'aurait pas eu lieux,» déclara Ryan.

«C'est une «Pet Rock!» s'exclama Roy. «Elle est vraiment jolie ! Nous l'avons peinturée nous-mêmes avec tous ces beaux dessins et tout le reste par-dessus. Nous y avons aussi mit notre signature. Mais c'est sensé reposer sur le parterre en avant de la maison et non pas ici!» confirma Jason.

«Mais ce fut la vraie confusion!» ajouta Justin.

Nous nous étions tous très bien amusés. Il y avait cette grande blonde que nous ne connaissions pas qui semblait avoir plus de plaisir que tous les autres. Ryan nous expliqua qu'il ne la connaissait pas pour autant, mais comme elle travaillait avec Reba elle était du groupe avec son mari. Ayant trop bu, il y eut un argument et les deux furent conduits dehors par Justin. Ils disparurent aussitôt. J'étais occupée à préparer le goûter et ne porta aucune attention à ce qui se passait. Justin revint vite nous dire que les deux s'étaient disputés et que le mari était parti emportant sa conjointe avec lui. Tout ce termina bien pour nous, autour de cette petite engueulade conjugale.

Il était deux heures du matin quand les derniers invités dirent aurevoir. On coucha les enfants qui étaient très fatigués de tout ce brouhaha! La fête, avec toutes ces surprises inattendues avait été un succès!

Chapitre 34

C'était vendredi encore une fois! Comme une pendule réglée, notre cirque partit pour le chalet immédiatement après le travail. Parfois je me comparais à la tête d'une file de petits oursons dansant au bout d'une corde.

Je ne pouvais plus subir la tension qui s'y installait. J'étais prise soit entre Justin et

Reba, soit entre Justin et Ryan ou entre Mia et moi-même. C'était presque devenu impossible pour Justin et moi de se regarder dans les yeux.

Pauvre Brutus semblait porter le monde sur ses petites épaules. J'étais assurée qu'il ressentait toute l'anxiété qui y régnait. Je pris une marche avec lui dans le petit chemin de terre derrière notre «camp» et me rendis jusque chez maman un demi-mille plus loin.

Comme j'aimais marcher le long de ce chemin! C'était si reposant suivre ce sentier bordé de beaux bouleaux. La senteur du bois et le doux chant des oiseaux m'envahissaient entièrement.

Mais aujourd'hui même ma belle forêt me semblait étrangère. Rien ne pouvait me relaxer le long de ce parcours. Brutus était joyeux. Il était sans doute à la recherche de suisses ou d'écureuils. Il entrait et sortait des buissons, me devançant et revenant toujours comme pour voir si je suivais. Quel amour il était!

Quand j'arrivai au «cottage» de mes parents, maman était en train de mettre son lavage à sécher sur la corde à linge. Elle était vêtue d'une petite short et d'une blouse blanche. Elle était toujours bien mise, même si c'était seulement elle et papa.

«Qu'est–ce qui t'amène? On dirait que tu viens de perdre ton meilleur ami.» me dit-elle.

«Seulement fatiguée je crois.» me voulant de parler de mes problèmes avec elle.

«Comment se porte Mia et Justin?»

«Bien! Pourquoi me parles-tu de Mia et Justin comme si ces deux noms étaient associés ensembles?»

«Est-ce qu'ils ne vont pas bien ensembles, Monique?»

«Qu'est-ce que tu veux insinuer par ces paroles, mom? Je ne te suis pas.»

«Ouvre tes yeux! Quand vous allez quelque part, tu n'as pas remarqué que les deux suivent toujours derrières. Peut-être devrais-je me taire, mais je crois que c'est temps que tu saches ce qui se passe. En ce qui concerne Justin, tu es aveugle. J'ai vu Justin et Mia qui s'embrassaient. Comme je tournais le coin, ils sortaient du camion. Tu les devances toujours et comme de raison tu ne vois rien. C'était un baiser volé, mais un baiser quand même.»

Sans m'arrêter pour répondre aux questions de maman, je rebroussai chemin, courant et pleurant. Pourquoi cela m'arrivait-il? Est-ce que j'étais vraiment aussi stupide? Est-ce que tout le monde était au courant de ce qui arrivait? En parlait-on constamment derrière mon dos? Et soudain un vieil adage me vint en tête: «L'amour est aveugle, mais non les voisins.» Est-ce que c'était moi ça? Mia était trop jeune pour savoir, mais Justin lui devrait se faire examiner les méninges.

Sur mon chemin de retour je décidai de vraiment confronter Justin, à affronter la vérité, si pénible fût-elle.

Comme j'arrivais dans la cours, je l'aperçus qui travaillait seul dans son garage. Ah qu'il était beau dans ses jeans ajustées et son T-shirt blanc. Se penchant pour ramasser quelque chose qu'il venait d'échapper, je remarquai le contour de ses cuisses musclées. Il se retourna et me lança: «Bonjour ma chérie!» comme si j'étais le seule qui existait dans le monde pour lui. Je souris et comme j'arrivais pour lui jaser, j'aperçus Grace qui traversait la cour. Il continuait son travail. Je me faufilai et entrai secrètement dans le chalet. Tenant sa parole, Grace entra dans le garage et se mit à parler avec Justin. Comme j'aurais aimé entendre ce qu'ils se disaient. Mais je ne voulais pas interrompre. Grace et Justin parlèrent pour à peu près une demi-heure. Je pouvais dire que celui-ci était fâché. Malgré que je ne pouvais pas entendre leur discussion, les signes corporels me firent comprendre que le ton de voix devenait grave par bout. Enfin, la conversation prit fin et Grace partit mais entra chez-moi. Elle pleurait.

«J'aime cet homme mais tu dois le quitter,» me dit-elle en parlant et en voulant se décharger le cœur qui lui débordait. Elle était si découragée. Tout de suite, comme ça, Grace me demandait de quitter l'homme que j'aimais.

«Pourquoi? Pour l'amour du ciel! Pourquoi devrais-je le quitter? Qu'est-ce qu'il t'a dit?» je lui demandai, sentant que mes entrailles allaient me quitter.

«Il ne t'aime pas! Je crois sincèrement qu'il ignore ce qu'est l'amour! Laisse-le! Il ne te mérite pas! Les choses qu'il fait son impardonnable! Je voulais l'attraper et lui secouer du bon sens dans la tête comme chez certains de mes étudiants. Peut-être alors comprendrait-il? Je crois qu'il a senti ce que je ressentais en lui parlant. Je te jure qu'il n'en aurait pas fallu de plus que je l'aurais frappé au visage. Monique, je ne peux pas lui pardonner ce qu'il est entrain de faire, et je suis certaine que toi non plus.» me dit-elle.

«Mais que fait-il?» je lui criai.

«Je ne peux pas répéter ce qu'il m'a dit, il me l'a fait promettre. Monique, ouvre tes yeux et pars maintenant!» me répéta-t-elle en partant, me laissant seule pleine d'angoisse.

Pourquoi fallait-il que je lui demande de parler à Justin? Pourquoi ne pouvais-je seulement laisser les choses comme elles étaient et ainsi peut-être tenir en quelque sorte à un brin de réalité. Non! Ce que Grace avait promis à Justin de ne pas dire, ça c'était la réalité. Une réalité que toujours j'essayais de dénier.

J'étais maintenant plus confuse que jamais. Deux fois en un même «weekend» je me faisais dire d'ouvrir mes yeux.

Je ne peux pas le quitter! Je l'aime. Et je tenais à me le répéter. Il est toute ma vie. Je n'ai jamais été avec personne d'autre. Il est le seul que je connaisse. N'importe ce qu'il peut avoir fait, rien ne peut nous briser. Qu'est-ce qui peut être si mal? Je n'avais pas besoin de cela aujourd'hui. Mais encore je n'avais besoin de rien de tout ça. O.K! De ce moment ici, je vais regarder les choses autrement. Je me le jure, jamais plus, je ne dénierai la réalité!

Juste à ce moment là, Justin entra, alla au frigidaire et s'ouvrit une bouteille de bière. Prétendant ne rien savoir, je continuais de préparer le souper. Il a crû vraiment que j'ignorais cette conversation avec Grace car il s'en retourna aussitôt dehors sans m'adresser la parole.

Justement, Grace ne m'avait pas révélé le secret, alors je ne savais rien. Je n'étais pas plus sage. Ou l'étais-je? Peut-être que je l'avais toujours su, mais je m'étais fermée à l'idée. Peut-être que je savais, mais c'était beaucoup plus facile de me mentir à moi-même.

Je savais cependant que ce que Justin avait dit à Grace était très grave pour déclencher chez-elle une telle réaction!

Chapitre 35

Entre-temps, Justin buvait de plus en plus. Ce pouvait-il que sa conscience coupable le dérangeait? J'étais habituée de le voir boire. Pour nous deux c'était chose régulière, mais la différence aujourd'hui, il buvait, buvait jusqu'à devenir comateux.

Un soir, assis derrière le barre, semblant pleurer dans la bière, il m'appela même Mia. J'en étais insultée.

«Tu n'es pas avec ta nièce là, tu es avec moi!» je lui criai. Il était tellement saoul qu'il ne m'a même pas entendu. Comme perdu dans les limbes, il resta assis sur la chaise, hébété et croupissant dans son ivresse.

Là, c'était fini! Mes jours de dénégations, de toujours vouloir excuser, de me mentir à moi-même, voilà c'était la fin.

Je réalisai aussi que ce n'était pas le temps d'un confrontement alors je prétendis lire mon livre de lecture pour un instant et lentement, j'entrai dans la chambre. Mais je ne pus dormir.

Encore et encore j'essayai de me convaincre que maintenant je devrai faire face à la réalité. Toutes ces années j'avais eu le terrible soupçon que Justin me trompait. Encore si c'était pendant ses voyages d'affaires hors de la ville, je prétendrais ne rien voir et comme les choses s'avéreraient plus faciles.

Et voilà... ce mystère devenait trop difficile à pénétrer. Je me devais d'agir. Je ne pouvais plus faire l'autruche.

Pour cela, il me fallait des preuves très évidentes de ce qui se passait, et je savais qu'il fallait aussi l'attraper en pleine action. C'était le seul moyen de m'en sortir sans tomber dans le piège de Justin, de dénier des aventures.

Et là, preuve en main je n'aurais d'autres choix que de faire ce qui devenait impératif. Tout de suite! Je devais le faire vite!

Chapitre 36

Un mois s'écoula. La vie se continuait comme avant, sans que rien ne change évidemment. La semaine, c'était le travail, les fins de semaine c'était au chalet. Les amis venaient et partaient. Justin redevenait lui-même et Mia restait attachée à nos vies.

Mais il y avait des changements. Mes pensées étaient différentes. Mes commentaires et mes agissements devenaient très réfléchis. Les plus grands virages se faisaient dans ma tête, dans mon subconscient devenu très méfiant. J'analysais chaque action, chaque sortie et venue de Justin.

Ça se passait tous les jours et j'en étais la seule à connaître toutes ces différences. Je ne me fiais à personne. Même les courses que Justin prenait au magasin du coin devenaient un objet suspect de mon imagination.

Un jour j'appelai Justin à son ouvrage pour lui rappeler de nous ramasser une viande pour souper. Sa secrétaire m'informa qu'il était parti plus de bonne heure, car il se sentait malade. Peut-être que les fleurs qui manquaient au bouquet étaient pour elle. C'est ce que j'ai pensé dans ma tête. Ma pensée était toujours aux aguets de tout. Mais non, pas sa secrétaire, elle était trop vieille.

Je téléphonai à la maison et après six coups de sonneries, Mia répondit au téléphone.

«Qu'est-ce que tu fais à la maison à cette heures? Tu n'as pas d'école?» je lui demandai.

«Non,» qu'elle me répondit. «J'avais une couple d'heures libres, et j'ai décidé de venir à la maison.»

Je sentais l'incertitude dans sa voix. Mia, prise au dépourvu avait beaucoup de difficulté à se composer une histoire.

«Est-ce que Justin est là ?» je demandai.

«Ah....non...je suis seule ici,» elle me fit réponse. Dans ma tête, je me figurais Justin juste dernière elle, lui soufflant les réponses à donner. Alors je pendis, ne voulant pas pousser l'issu plus longtemps. Mais quel tourment!

Maintenant c'était clair comment elle pouvait faire tant de travail en peu de temps. Justin la rencontrait à la maison. Après leurs cessions amoureuses, les deux s'empressaient de mettre de l'ordre et de nettoyer la maison.

Est-ce que c'était possible? Est-ce que je payais Mia pour coucher avec Justin? Non! C'était impossible pour lui de faire l'amour à Mia dans notre maison et dans notre lit? L'embrassait-il comme il m'embrassait moi? La touchait-il comme il me touchait moi? Éprouva-t-il avec ravissement le contact de son corps gracile contre le sien tandis que, d'une langue habile, elle explorait l'intérieur de sa bouche? Non! Elle n'était qu'une enfant!

Oh, mon Dieu, ça ne se pouvait pas! Je devais me rassurer au cas ou je ne devenais pas le jouet de mon imagination. J'avais vraiment besoin de preuves à l'appui.

J'étais dépassée! Et là, toutes les conversations et les situations passées se mirent à défiler dans ma tête. Nathalie, ma meilleure amie ne me parlait plus, ni Reba ou Mom, ou Grace....La réalité était là!

Si Justin avait une affaire avec Mia je devais arrêter ça! Elle était une enfant. Il était un adulte. Pourquoi avais-je été si aveugle? Pourquoi ma famille ne faisait-elle rien pour arrêter ça? S'il me trompait ce n'était déjà pas bien, mais avoir une affaire sexuelle avec un enfant, c'était criminelle.

Cependant, cette pauvre innocente enfant savait exactement ce qu'elle faisait. Elle était menteuse, tricheuse et une petite agace. Treize ans marchant vers trente ans!

Assez! C'en était assez! Je me devais de me ressaisir! J'avais été leur marionnette assez longtemps.

Parler à Justin ne donnait rien. J'avais essayé tant de fois. A chaque confrontation il s'en était sauvé et me laissait avec cet élément du doute possible. Parler à Mia était encore pire. Non! Il était trop tard pour parler. Maintenant il fallait agir!

Chapitre 37

Secrètement, je me mis à machiner, à contempler en visualisant chaque complot encore et encore dans ma tête. Je voulais exécuter le plan parfait.

Je savais que le manque d'estime que Justin avait à l'égard des femmes jouerait en ma faveur. Il croyait ces dernières comme des êtres inférieures, stupides et bernées; bonne pour une chose seulement. Et prendre le rat en pleine action s'avérait assez facile.

Mais il fallait agir avec prudence. Tout devait être minutieusement élaboré sans rien laisser au hasard. Justin pouvait être borné dans un sens mais avisé de l'autre. Alors, ainsi informée, je devais réussir au premier essai car il n'y aurait pas de seconde chance. Cela ne ferait que confirmer ce que Justin disait et renforcirait cet élément de culpabilité sur moi; ce en quoi il excellait. Il tournerait très vite le verdicte et je deviendrais la coupable.

Le plan était d'attraper mon mari trompeur et ma nièce ingrate. Je ne pouvais me permettre aucun faux pas. On ne pouvait pas sortir les deux gagnants de cette aventure. Et si je réussissais, nous étions les deux perdants d'une manière ou de l'autre.

Je ne perdis pas de temps à mettre mon plan en marche. Je commençais par un voyage d'affaire lundi matin; ce qui passerait sans question. C'est ainsi que je devais commencer. J'avais passé la semaine à pousser en avant cette stratégie et maintenant j'étais sur le point de la mettre en exécution. Tout devait être en marche avant de partir pour le chalet, afin que le tournage soit le plus routinier possible.

Nous finissions nos dernières préparations du jeudi soir afin d'être prêts pour vendredi, quand j'entrepris le premier pas vers mon stratagème.

«Je dois être à Toronto pour un meeting lundi. Alors je devrai prendre l'auto du bureau à l'aéroport,» je dis tout bonnement en sortant une troisième valise pour mon prétendu voyage.

Je ne reçus aucun commentaire, ni aucune réaction, mais je pouvais visualiser Justin entrain de planifier le temps qu'il accorderait à Mia en mon absence. Je sentais que j'étais sur le bon chemin.

Nous partions pour le chalet et rien d'autre ne fut dit sur le sujet.

Pendant tout le «weekend» j'observais, croyant percevoir quelques indices ou entendre quelques paroles qui me diraient que quelque chose se tramait, mais je ne perçus rien qui me laisserait croire ce qui se préparait.

Samedi et dimanche se passèrent assez tranquilles et enfin c'était l'heure du retour. Je me disais que je devais continuer et ne pas retourner sur mes plans. Mon esprit disait «vas-y» pendant que mon cœur se brisait à l'idée, par petits morceaux.

Finalement à la maison, j'étais prête à entreprendre une autre semaine. J'avais encore de la difficulté à dormir. Je revoyais encore et encore chaque détail de cette stratégie qui ne devait pas avorter.

Le lendemain, au lieu de me sentir épuisée à cause du manque de sommeil, j'étais très réveillée.

Rendue au travail j'avertis ma patronne que j'avais besoin de deux jours pour «raisons personnelles.» Je devais lui expliquer la raison de cette absence afin qu'elle consente à mes jours de congés. D'habitude, Carole, ma «boss» se montrait très autoritaire. Et ça, tellement, que souvent nous avions des «prises de bec» concernant le travail car elle n'avait pas assez de cran pour interdire à l'employé de quitter avant que son projet soit terminé. J'espérais que sa grande bonté soit là, pour moi, aujourd'hui.

Les heures s'éternisaient. Finalement, elle m'appella à son bureau.

«Tu veux vraiment en avoir le cœur net? Quelques fois, connaître la vérité n'est pas la meilleure solution. J'espère que la raison pour ceci n'est pas seulement qu'il manque deux roses dans tes bouquets.» me dit-elle.

Encore les maudites roses! Est-ce que tous les employés les comptaient maintenant? Ou était-ce mon imagination?

«Non,» lui dis-je, très confiante de moi-même. «C'est beaucoup plus que les roses, beaucoup, beaucoup plus.» je lui affirme.

C'est à ce moment, que j'ai réalisé que le moment était arrivé. La décision ultime était la mienne! Je pourrais retourner chez-moi et annoncer que mon voyage était annulé où poursuivre mon projet tel que prévu. Je me sentais comme au bord d'un précipice. Le prochain pas était le pas final de ma vie présente à l'avenir inconnu. Je ne pouvais plus reculer.

Un regard pensif et je lui assure. «Je dois faire ceci. Il y a longtemps que je soupçonne son infidélité, mais cette fois c'est plus personnel. C'est un crime! C'est presque de l'inceste. Confusion entre deux films: «Graduate» et un coup d'œil rétrospectif sur «Déliverance» me passa par la tête.

«Tiens» me dit-elle en me tendant une perruque à cheveux courts, «ça été la solution pour moi quand j'ai dû faire la même chose. Bonne chance! Assure-toi d'avertir la réception de ton départ pour Toronto au cas d'un appel de sa part. Elle pourra le guider en ta faveur.»

Regardant la perruque dans ma main, j'étais surprise à la pensée du «look» que ce postiche me donnerait. Oh! Surprise! Je n'avais pas eu l'idée de me déguiser. J'espère que c'était la seule chose que j'avais oubliée.

J'ai alors commencé à questionner mon plan d'action. Est-ce que j'ai oublié autres choses? Non, il ne faut pas y penser davantage, de peur de perdre confiance en moi-même. Cachant la perruque dans mon sac à main, je passe à la réception et je lui fais part de mes plans de voyage. «Je vais àToronto et je serai de retour dans deux jours.»

Chapitre 38

La deuxième phase du projet comprend la location d'une voiture afin de bien cacher le fait que je n'étais pas hors de la ville. Ensuite, j'appelle Laurent, afin de le mettre au courant de ce qui allait se produire.

«Crois-tu vraiment que Justin et Mia se voient comme ça?» me répond-il.

«Non, pas seulement se rencontrer comme ça, mais coucher ensemble» je lui réponds.

«Non....Ah....grand Dieu...non! Tu fais sûrement erreur » reprend Laurent.

«Je souhaite bien faire erreur moi aussi» je lui réponds, même si dans mon cœur je connaissais la réponse. Si par contre, je faisais erreur et que Justin connaissait mon plan, ce serait l'enfer pour moi.

«Je doute que tu découvres quelque chose ce soir, car Mia a demandé permission de passer la nuit chez une amie» reprend Laurent après une longue pause.

Immédiatement, ma pensée voulait lui crier; non! tu es crédule comme je l'ai été tout ce temps. Je ne voulais pas lui faire mal mais je savais bien que cette histoire lui briserait le cœur alors je lui dis tout bonnement «Tout dépend, qui est son amie». J'étais encore plus assurée que j'avais vraiment raison.

«Je surveillerai avec qui elle partira,» dit-il.

«À quelle heure le rendez-vous?» je demande.

«À quatre heures.»

«Bien je te garde au courant des évènements» lui dis-je en raccrochant le téléphone.

Chapitre 39

Le lendemain, je me rends à l'aéroport pour y laisser ma voiture et en même temps prendre en location la nouvelle. Si par hasard, Justin voudrait vérifier si mon auto est bien stationnée là, il tombera justement dans le piège.

À mon arrivée à l'aéroport, je me faufile discrètement au cabinet de toilette, dans le but de me déguiser. J'enfile les nouveaux vêtements choisis pour l'occasion, y place la perruque et y ajoute des lunettes de soleil. Voilà, le tour est joué. On ne me reconnaîtra jamais. J'avais acheté un chandail bleu foncé, plissé largement au collet et aux manches, ainsi qu'une jupe d'un gris pâle. J'étais toujours plus confortable, vêtue d'un pantalon, tenue de soirée et très rarement je portais la jupe ou la robe. Je sentais le vent qui soufflait sur mes jambes comme je montais dans ma nouvelle voiture. Je conduisis vers Sudbury.

Il était trois heures quarante cinq quand je me retrouvai sur la rue qui conduisait à «Apollo Terrace.» De ce point, je pourrai voir le «Blazer» vert de Justin, quand il passerait devant moi, en allant chercher Mia. Ensuite, je les suivrai et je les piégerai en flagrant délit. Je pouvais presque m'entendre lui crier «Nie ceci maintenant toi salaud» Tout ce qui reste à faire maintenant est attendre que le poisson mordre à l'hameçon.

Soudainement le «Blazer» vert.... Oh! Oh! il ne faut pas m'affoler, je me répète en sentant mon cœur battre à toute vitesse. Je démarrai la voiture m'assurant de garder une distance raisonnable entre nous deux.

Les nerfs et l'adrénaline créaient en moi une réaction explosive mortelle, faisant trembler mon corps irrésistiblement.

À mon arrivée à l'arrêt du coin Gordon et Lasalle Boulevard, j'aperçus Mia qui marchait sur le trottoir. Des jeans bleues très serrées et son corsage bain de soleil rose accentuaient ses hanches plutôt larges. Elle regardait continuellement derrière elle comme un voleur à la cachette.

Que voyait-il d'attrayant en elle? Devenue adolescente n'avait pas rendu Mia la «Brigitte Bardot» qu'elle se croyait être devenue. Ses longs cheveux blonds retombaient sans tenue sur ses épaules. Où était la belle princesse que j'avais crû voir grandir.

Était-ce seulement sa jeunesse qui attirait Justin à elle?

Pourquoi est-ce que je m'arrêtais pour me permettre de rêver à ce qui aurait pu être? Assez de ces rêveries et retournons à la besogne du jour qui demande toute mon attention. Je touchai le klaxon au lieu d'actionner les freins. Quelle gaucherie de ma part! Mes mains et mes genoux tremblaient terriblement que je pouvais à peine conduire avec sécurité.

Finalement, je tournai la voiture vers la rue Hector, une rue cachée, où j'avais prévu attendre Justin quand il viendrait récupérer Mia. Malheureusement, je ne pouvais voir ni Mia ni le «Blazer» vert conduit par Justin. Qu'était-il arrivé? Où étaient-ils passés? Soudainement, tout en vérifiant dans le rétroviseur, à ma surprise, j'aperçus Justin qui tournait au coin de la rue derrière moi.

J'ai vitement fait la gauche sur la deuxième rue mais il s'engagea aussi dernière moi...une autre gauche...encore derrière moi. Enfin je tournais vers la droite. La voilà encore à mes trousses, merde, merde, merde, ne sachant plus au juste où j'allais, pensant seulement de m'éloigner du «Blazer» vert qui me talonnait: c'était la panique!

Je ne pouvais que penser,comment m'a-t-il découvert? Pourquoi me poursuit-il?» Pourquoi n'est-il pas arrêté afin que Mia monte dans la voiture?» Je dois déguerpir de là avant qu'il me découvre.

Avec cette idée, j'engageai le boulevard Lasalle une dernière fois et je me dirigeai vers Azilda....enfin....je l'ai échappé....plus de «Blazer» vert. Qui aurait pu concevoir une pareille rencontre? Ça ne faisait sûrement pas partie du plan d'action.

J'allumai une cigarette avec l'idée de calmer mes nerfs irrités et je conduisis lentement vers la sortie de la ville.

Un dernier coup d'œil dans le rétroviseur afin de m'assurer que Justin n'était plus à mes trousses et....non....une Chrysler noire convertible, des années 1965, venait derrière moi maintenant. À ma connaissance, une seule voiture de cette marque existait et elle appartenait à Cléo, l'ami de Justin. Merde ! Cléo me poursuivait. Voilà, Justin m'a découvert et il a appelé son ami comme témoin à cette manigance.

Je ressentis une pesanteur descendre sur mes épaules…l'inquiétude était grande…. J'acceptai la défaite et me livrai à ce qui m'attendait. J'essaierai en vain de trouver une explication qui justifierait pourquoi j'étais encore à Sudbury et non à Toronto. J'étais bouleversée à en pleurer. Tout ce que je venais de vivre et maintenant je me voyais dans le piège que Justin m'avait tendu. Ce devait bien être l'inverse…mais comment cela a pu se passer comme ça?

Mais quoi!…. Cléo n'arrête pas? Voici qu'il passe et s'en va devant…comme si rien. Enfer! Mes mains tremblantes, j'allumai une deuxième cigarette que je tins entre mes doigts pour un temps indéterminé. J'essayai enfin de relaxer et de comprendre ce mystère… À ce moment, regardant encore dans le miroir, je constatais que c'était un étranger aux cheveux courts qui me talonnait. J'avais oublié que j'étais déguisée et que c'était impossible que Justin ou Cléo puissent me reconnaître dans cette voiture louée. C'était ça! Ils ne m'avaient pas reconnue. J'avais agi de peur et de panique. J'avais manqué ma chance de le suivre et de découvrir ce qui c'était passé avec Mia. Comment ai-je pu être aussi stupide?

Eh bien! Justin avait raison. Les femmes étaient, de nature, stupides. Non, non jamais, mon plan avait été raté, mais je n'abandonnais pas. Le chat se trouvait encore dans le sac. Je devais alors m'arrêter et replacer mes idées ce qui me rendrait maintenant au plan «B». Premièrement, je devais découvrir le plan «B».

Avec ça dans la mémoire, je me rendis chez ma sœur Reba qui demeurait dans la Vallée. À nous deux, ce devrait être chose simple de tricoter un plan d'action «B» qui serait final cette fois. Je me voyais vérifier derrière moi à tout moment mais la route était claire sans Justin sur les lieux.

Chapitre 40

Arrivée chez Reba j'étais encore ébranlée par les événements. Pourquoi n'étais-je pas comme elle, très confiante et la tête bien équilibrée?

Après lui avoir confidentiellement raconté que mon plan d'attraper Justin avait échoué, j'acceptais tout bonnement que la surprise n'existait plus et que je retournerais demain à la maison comme si je revenais de mon voyage à Toronto, point final.

Reba ouvrit une bouteille de vin et nous avons revécu les évènements, incapable de s'arrêter de rire en regardant la perruque et en pensant que j'avais klaxonné à un temps où je ne voulais pas être vu.

J'appelai Laurent et lui appris que j'avais rien découvert. Il me dit que lui et Gloria avait marché sur la rue immédiatement après le départ de Mia afin de vérifier quelle amie venait chercher la petite. Même s'ils ont aperçu le fameux "Blazer vert" Justin n'était pas arrêté pour la ramasser. Laurent était un peu frustré de constater qu'ils avaient manqué l'épisode.

En raccrochant le téléphone je ressentais que quelque chose m'échappait. Laurent avait donné des morceaux qui semblaient manquer au casse-tête.

Quand Ryan revint du travail, nous lui avons raconté l'histoire. Nous trouvions drôle que nous avions été dupés quand tout à coup Ryan dit, «Je connais comment Justin pense. Sa pensée travaille différemment. Il doit avoir reconnu Laurent et Gloria et a décidé de se sauver. Je devine que tu te sauvais de lui et que lui se sauvait d'eux.»

«Peut-être, mais explique moi d'abord pourquoi Cléo me suivait.» lui dis-je.

J'y ai pensé mais, il était peut-être sur cette route car il revenait de son emploi et retournait chez-lui comme il le fait chaque soir. Coïncidence?...Non?....» répond Ryan.

Un silence de mort! Nous voilà tous muets en réalisant la certitude de ce qui était surement arrivé. Maudit! Alors, il ne m'a certainement pas aperçue. Peut-être que le complot existe encore. Tout n'est pas perdu.

«Pourquoi n'allons nous pas à sa recherche?» reprit Ryan. «Je connais plusieurs de ses cachettes personnelles. Peut-être que nous pouvons les découvrir. Remettons ton projet en marche!»

Chapitre 41

Le temps s'était couvert durant l'après-midi et la pluie commençait à tomber probablement pour la soirée, mais nous n'avions pas l'idée d'annuler le projet.

«Oh non, pas un autre déguisement,» je proteste comme Reba m'offre de nouveaux vêtements.

«Seulement pour empêcher la pluie et peut-être qu'une nouvelle apparence va te donner confiance, si jamais il y avait confrontation» me dit-elle.

J'accepte les vêtements et rapidement je les enfile.

«Bon me voilà à l'allure motard au lieu d'une femme qui entreprend une mission.» Les vêtements de son garçon adolescent, m'allaient à merveille; du pantalon au veston ainsi que la casquette de cuir noir. Les cheveux relevés sous la casquette, me donnait l'air d'avoir dix-huit ans. Dans le passé, l'anxiété et le découragement me donnaient l'impression d'être vieille. À ce moment, j'appréciais le fait d'avoir une famille qui croyait en moi et qui voulait m'aider. C'était là une marque d'amour.

Encore une fois, j'étais remplie d'espoir et d'anticipation. Ryan, Reba ainsi que moi-même montons dans la camionnette à la recherche de Justin et de Mia. En supposant que je me trompais sur l'affaire de Mia, j'atteindrais quand même mon but: de dire que Justin m'était infidèle. Par contre, au fond de ma mémoire, si c'était avec une étrangère, le crime et l'inceste seraient classés et les résultats, bien que très navrants, ne seraient pas aussi dévastateurs. Me voilà encore à l'excuser, espérant une sentence moins rigide pour ce salaud.

Réalisant ceci je m'exclame, « Allons-y et attrapons-le!» je dis en refermant la porte du camion.

Nous avons conduis d'un hôtel à l'autre, d'un motel à l'autre. Deux heures plus tard, nous n'étions pas plus avancés. Notre cherche ne révélait rien. Pas de «Blazer vert» en vue. Le sentiment de faillite s'installait encore et nous décidions de retourner dans la Vallée.

La seule chose à faire maintenant, serait de retourner chez moi et prétendre avoir eu un bon voyage à Toronto; me dis-je en revêtant mes propres vêtements.

Reba avait préparé un café et en acceptant une tasse, je m'assis à la table de cuisine. Tous trois trouvions le café délicieux car nous étions exténués, sans mentionner la nuit remplie d'adrénaline, de manque de sommeil après avoir fait le tour de tous les coins noirs de Sudbury.

Il était maintenant huit heures du matin, le jour que je devais revenir de Toronto. Enfin, je ne perdrais pas complètement la face si je pouvais bien jouer le jeu et faire comme si rien n'était afin de garder ma fierté et rentrer à la maison. Tout bonnement, je saluai Reba et Ryan et m'engageai sur la route. Je conduisais encore mon auto louée, mais à ce point, ça ne me dérangeait pas.

À mon arrivée, je stationnai l'auto deux rues plus loin afin de cacher à Justin que je conduisais une voiture louée et non la mienne. Je souhaitais bien qu'il ne réaliserait pas que ma voiture n'était pas dans la cour. De cette façon je retournerais plus tard, à l'aéroport faire l'échange nécessaire.

Montant les marches qui conduisaient à la porte d'entrée, je constatais que la porte à grille de ventilation était verrouillée par le dedans. C'était alors impossible d'ouvrir la porte principale et d'entrer chez-moi. Que se passe-t-il? me dis-je. Levant la main pour frapper afin d'avertir Justin de me laisser entrer, j'aperçus par la fenêtre les souliers et le sac à main de Mia, bien rangés sur le tapis intérieur.

Le choc et la réalité m'envahirent. J'étais étourdie, même exaltée, mais en même temps la colère m'emporta. Je frappais, je cognais si fort pensant que la porte tomberait.

«Je sais que vous êtes dans la maison. Ouvre-moi la porte, toi salaud. Ton infidélité est dégradante. Devais-tu faire ceci dans notre maison...dans notre lit? Ne vaut-elle pas le coût d'une chambre de motel? Elle va sûrement mériter plus que deux roses cette fois!» lui criai-je sans avoir connaissance de ce que je disais. La colère m'emportait au point que j'en tremblais. Personne n'ouvrait la porte.

«Éventuellement, tu devras ouvrir la porte et tout avouer. J'ai toute la journée et tu ne peux te sauver de la maison comme ça!» je criai en m'assoyant sur le perron pour y passer le temps qu'il faudrait.

Après quelques minutes, Justin ouvrit la porte. Il était torse nu. Facile de constater qu'il avait revêtu son pantalon en vitesse tout en oubliant de mettre ses bas. Ses cheveux en désordre donnaient preuve qu'il sortait du lit.

«Tu aurais bien pu te vêtir,» lui criai-je d'une voix stridente.

«Que diable fais-tu ici? Tu es supposée être à Toronto. Alors, dis-moi où as-tu passé la nuit?» demande-t-il essayant de passer la culpabilité sur moi.

«Oh non, tu ne le fais pas cette fois» je lui réponds en m'approchant du téléphone. «Pas cette fois…cette fois tu es piégé…le coupable….et tu ne peux t'en sortir. Tes belles paroles ne t'aideront pas. Oublie-les!»

«Et à qui pour l'amour téléphones-tu?» demande-t-il.

«J'appelle son père afin qu'il vienne chercher sa fille. C'est temps qu'il sache ce qui se passe avec elle.»

«Non, ne l'appelle pas?» dit Mia sortant de sa chambre.

Elle s'était donnée le temps de se vêtir.

«Justin m'aime,» dit-elle, «tu ne veux même pas avoir de rapports sexuels avec lui.»

«Oh c'est ce qu'il te raconte… nous n'avons pas de relations sexuelles» dis-je en me retournant vers lui. «Ce que Justin et moi avons partagé avant mon supposé voyage à Toronto, ce n'était pas que sexuel, non, nous avons fait l'amour. Ce que vous deux avez fait ce soir et les autres moments passés, ce n'était pas l'amour mais seulement du sexe!»

Est-ce que j'essaie encore de le défendre… Oh! Non, j'étais furieuse. Je lui jetai un coup d'œil rempli de dédain tout en signalant le numéro de téléphone de son père.

« Je regrette, petite, mais c'est grandement temps que tu réfléchisses et que tu acceptes les conséquences de tes actions.»

Après deux coups de téléphone, Laurent répond. «Viens chercher ta fille; elle est ici chez-moi.»

C'était d'une voix remplie d'émotions et de peines qu'il m'affirma qu'il viendrait.

J'ai raccroché l'appareil, prête à reprendre la conversation avec Justin. Mais avant que je dise un mot, «Quel drame! Eh puis… nous avons eu une relation sexuelle. Ce n'est pas la fin du monde. Va dormir, tu sembles très fatiguée. Ça te fera du bien.» me dit-il comme si rien n'était. Il entra dans la chambre pour récupérer ses vêtements.

«Aller me coucher? C'est regrettable que tu ne trouves pas un moyen de glisser un somnifère dans mon breuvage. Je dormirais et tu aurais la chance de continuer ton petit «party». Ces jours-là sont terminés mon chéri! La vie ne sera jamais plus la même!» je lui criai tout en jetant mes objets personnels dans une valise.

«Tout ce temps, tu voulais me faire croire que j'étais folle. Dis-moi, combien de fois m'as-tu droguée afin que je ne dérange pas tes projets d'amour?»

«Pourquoi fais-tu ça?» dit-il. «Je ne suis certainement pas le premier homme à être infidèle! C'était seulement une relation sexuelle. Il n'y a rien de sérieux ici! Pourquoi déménager? Ça changera tout. Reste! Ne t'en vas pas! Nous en parlerons. Peut-être faudrait-il des règlements.»

Mia ne comprenait rien à tout ça. Les commentaires que Justin faisait, elle ne les entendait pas. Elle surveillait par la fenêtre, appréhendant l'arrivée de son père.

«Des règlements...seulement sexuels... tu es un drôle de phénomène! Tu molestes ma nièce qui est mineure. Elle est encore une enfant. Tu es malade, vraiment malade.»

Comme je voulus ajouter à la conversation, Laurent arriva dans la cour. Jetant un coup d'œil vers Mia je lui dis. «Va expliquer à ton père pourquoi il ne devrait pas appeler les autorités et faire rapport de ce pétrin. Je ne veux jamais te revoir, le reste de ma vie, vilaine petite étourdie.»

Je continuais de remplir ma valise et juste comme je partais Justin demande «Où est ta voiture?»

«Ma voiture louée est stationnée à deux rues d'ici. Ne t'inquiète pas. Je n'ai pas besoin de toi. J'ai assez d'intelligence pour me débrouiller sans toi.»

Il me regardait incrédule.

«Oui Justin, je ne suis pas stupide. J'ai pensé à un moyen de transport. Tu vois bien que les femmes sont plus intelligentes que tu le crois. Peut-être quelques-unes des plus jeunes ne le sont pas» lui dis-je en partant. «Et puis, tu discuteras davantage avec mon avocat.»

Chapitre 42

J'étais ébranlée et sans m'en rende compte je me dirigeai vers la Vallée.

La pluie était terminée, mais la route était encore trempe. La chaleur du soleil sur la chaussée laissait monter la vapeur qui exaltait une fraicheur saine et pure, promesse d'une belle journée ensoleillée.

J'aurais dû me sentir soulagée et exaltée d'avoir finalement atteint mon but. J'aurais dû jouir de cette promenade après avoir gagné la victoire. J'avais découvert mon Don Juan par moi-même, toute seule j'avais défait sa chaîne de déceptions. Mais je me sentais tout à fait démunie.

J'avais pensé à tout ... c'est ce que je croyais. Quoi faire après l'avoir découvert? Qu'est-ce qui m'arrive maintenant? Je me retrouve sans logis, sans meubles. Mes seuls biens sont les vêtements jetés dans ma valise avant de partir.

Le trajet de la ville jusqu'à la demeure de Reba semblait sans fin. Même s'il ne pleuvait plus dehors, les larmes qui coulaient abondamment sur mes joues étaient la preuve de la peine que je ressentais dans mon cœur.

Par le temps que j'arrivai chez Reba mes yeux étaient rouges et enflés d'avoir pleuré. Elle guettait mon retour et me reçut à bras ouverts. Ensemble nous avons pleuré, enlacées dans les bras l'une de l'autre. Nous nous encouragions et essayions de trouver des moyens futurs de subsistance.

Je n'avais pas l'énergie pour argumenter. Reba m'offrit une chambre qu'elle venait de réarranger à neuf afin que ses invités se sentent bien pendant leur séjour chez-elle. En accord, Ryan et elle me laissèrent l'espace nécessaire afin de rendre les prochains jours chez-eux les plus plaisants possibles, vu les circonstances. Cependant le tapage des deux jeunes garçons si actifs m'empêchait de me concentrer sur les moyens de retrouver une sorte de vie pour moi. En plus, mon mal d'amour n'aidait en rien.

Les simples routines normales des repas devenaient pénibles pour moi, ce qui m'incitait à vouloir rester dans ma chambre presque tout le temps. Je n'avais simplement pas faim. Je ne voulais pas avoir à répondre à toutes ses questions qui se lisaient dans les yeux des garçons et en plus je n'étais pas prête à écouter les bons conseils que Reba et Ryan essayaient de me donner, dans l'espoir de me ramener éventuellement à me refaire une vie.

Pendant les semaines qui suivirent, ils tenaient tous à me dire que je serais beaucoup mieux sans Justin, malgré que souvent l'envie me prenait de courir vers lui; d'implorer son pardon et de me laisser revenir. J'ai même tenté d'appeler en composant notre numéro. Heureusement que Dieu veillait sur moi. Justin était absent. En raccrochant, j'ai réalisé que j'étais peut-être la créature stupide que Justin espérait que je sois. Je remerciai le ciel et promis de ne jamais plus refaire se geste. Reba m'avait vue mais ne me demanda pas qui j'avais appelé.

«Laisse-toi du temps,» me dit-elle, «ça ira mieux!»

Je savais que c'était la chose à faire, mais celà n'atténuait pas ma douleur. Je désirais être dans ma maison, dans mon lit mais, aussitôt, je voyais Mia dans ce même lit avec Justin et je me remettais à pleurer de plus belle. C'était l'image à laquelle je m'attachais dans mes moments de besoin. C'était cette vision qui m'empêchait de faire la connerie que je pourrais regretter.

Je demeurai avec Reba que quelques semaines. Mon amie Grace m'invita de venir passer du temps avec elle. Question de vivre dans un nouvel entourage et de changer ma vision des choses. Mes amis et ma famille ensembles me convainquèrent que c'était la bonne chose à faire.

Grace et Marvin demeuraient à la campagne seulement un mille de chez ma sœur. En attendant de me trouver une place, Reba me ramassait en allant à son ouvrage ce qui me donnait la chance de relaxer sans le souci de conduire et ce qui était un plus, il n'y avait aucun bruit superflu, car les enfants de Grace et Marvin étaient tous adultes.

Grace me tenait très occupée. Je cousais pour elle. J'aimais avoir les doigts occupés alors cela m'aidait. Aussi, le fait de me rendre utile je ne me sentais moins redevable envers Grace.

Leur foyer était très paisible et confortable. Comme la chambre qui m'était désignée se trouvait au deuxième étage, je me retirais quand je voulais et ils pouvaient regarder la télévision sans me déranger.

Chaque soir, le repas et la routine terminés, nous entreprenions, Grace et moi, une longue marche, jasant de différentes choses. Autant que possible nous parlions de tout excepté de Justin. Mais il avait été ma vie si longtemps que c'était difficile d'éviter le sujet de temps à autre.

Grace me suggéra à un moment donné que peut-être je devrais retourner à l'école. Peut-être par cours du soir ou par cours de correspondance, ce qui me permettrait de continuer de travailler, tout en terminant mon université. Elle m'y mettait la puce à l'oreille. Avec mes degrés universitaires je pourrais décrocher un meilleur salaire et faire en outre quelque chose qui me plairait.

Lentement la vie reprenait. J'envisageais un futur intéressant, si je laissais derrière ce passé néfaste. Les fins de semaines, je visitais Reba et Ryan. C'était des moments plus difficiles pour moi. Après toutes ces années de weekends si mouvementés, ceux-ci étaient plutôt longs et ennuyants.

Chaque soir, Grace et moi scrutions le journal et prenions des tours d'autos dans le but de me trouver un logement convenant à mes revenus, ce qui était très prometteur, mais qui très souvent n'était qu'un taudis déplorable.

Finalement je trouvai un appartement dans un gros bloc, au centre ville d'où je pourrai marcher à l'ouvrage, vu que mon vieux taco était devenu si incertain, manquant les «mains mécaniques» de Justin pour le tenir en forme.

Il consistait d'une chambre à coucher sur le premier plancher avec une grande fenêtre qui donnait sur le terrain de stationnement situé à l'arrière, ce qui rendait l'endroit très paisible. La petite cuisine était munie d'un ilot pour une table en attendant d'avoir d'autres meubles. Reba me prêta un petit sofa qui me servirait de lit provisoire.

Avec l'aide de ma sœur et de son époux Ryan, j'ai déménagé. Vu le peu de meubles que j'avais, ne plaisait pas à Reba. Alors prétendant de m'amener pour un tour d'auto tout en se reposant la tête elle se dirigea tout bonnement vers ma....la maison de Justin.

«Qu'est-ce qu'on fait ici?» je demandai.

«J'espère que tu as tes clés. Justin est absent, alors prends les meubles qui sont tiens et le reste de tes vêtements,» me dit-elle en débarquant.

Brutus était si excité de me voir Il sautait sur moi et me frôlait tellement que je ne pouvais ignorer cet élan d'ennui qui venait de m'envahir. Il me suivait d'une chambre à l'autre. Mon cœur se brisait car autant je l'aimais, je savais que je devais le laisser derrière. Prendre soin de moi-même était tout ce que je pouvais faire pour le moment. Jamais je n'aurais pu m'occuper de lui correctement.

En premier, l'idée de prendre ne me souriait pas mais à mesure que nous chargions le camion, les choses se faisaient plus facilement. Par le temps que nous avions fini, tout ce qui restait, c'etait ce que nous ne pouvions pas porter. En plus,il ne restait plus de place dans le camion. Je ne voulais pas le lit car une autre que moi l'avait occupé. Non, je n'en voulais pas. En ce qui concernait les autres meubles, il y avait un petit sofa, la télévision et deux chaises. Reba devait avoir prévu ceci car les quelques boîtes vides dans le camion furent remplies de linges, de vaisselle, d'ustensiles et d'autres batteries de cuisine nécessaires; ainsi que le reste de mes vêtements.

Sur le chemin du retour à mon appartement nous avons ri. On ne pouvait s'imaginer comment facile tout s'était passé. On voyait Justin en entrant, s'apercevoir que quelqu'un s'était introduit chez-lui et que des choses avaient été prises. Peut-être même appellera-t-il la police. Mais non impossible car nous n'étions pas entré par infraction. J'avais les clés et tout m'appartenait autant qu'à lui.

De retour chez-nous, nous avions vidé le camion en un instant. J'avais du plaisir à déballer les boîtes et à placer les meubles. Tout ce dont nous avions apporté remplissait très bien mon appartement. Il me manquait un lit, mais pour le reste tout avait pour moi un air de confort et de chaleur.

Chapitre 43

Le retour au travail était thérapeutique pour ma condition. Cela m'aidait à remplacer mes problèmes personnels par le brouhaha de la «job». Je ressentais beaucoup d'appréhension en me retrouvant seule à l'appartement.

Pendant quelques mois je remplaçais ma solitude par une bouteille de vin que je me procurais chaque soir à la sortie du bureau. Le vin adoucissait ma peine et m'aidait à prendre un peu de sommeil, même s'il était provoqué par l'effet de l'alcool.

Ma routine journalière devenait une habitude: la «job, l'appartement.» Une semaine se terminait pour en recommencer une autre. Reba et mon amie Grace essayaient de leur mieux de me divertir afin que je retrouve la joie de vivre.

Ma veille bagnole était souvent en panne. Sans la magie de Justin pour la réparer je commençais à croire que je devrais l'abandonner. Comme nous vivions du jour au jour, de paie à paie, je me retrouvais sans économies... en cas d'urgence. Marvin et Grace m'ont convaincu qu'il me fallait une nouvelle voiture et que je devais accepter leur offre. Je me sentais à leur merci en acceptant l'argent pour acheter mon nouveau moyen de transport. Marvin m'assura aussitôt que ce n'était qu'un prêt que je devais remettre au fur et à mesure que je le pouvais. L'arrangement me plaisait et fut plus facile à accepter.

L'auto que Marvin et moi avons acheté était un petit «Datsun» noir. Il était usagé, mais en état impeccable... trente-et-un mille kilomètre d'usure.

Entre temps, Reba me rendait souvent visite et aussi m'invitait chez-elle, mais la douleur que je ressentais était lente à disparaître.

Tentatives de suicide me venaient à l'idée. Je me sentais si incompétente...inutile. Personne ne voulait de moi, personne n'avait besoin de moi. Si un matin je ne sortais pas du lit, personne ne s'en serait aperçu.

Après quelques mois, Justin et moi avons légalement fait la distribution de nos biens. Il opta pour la maison à la ville et je décidai que l'idéal pour moi, était de garder le chalet, étant donné que tous les membres de ma famille appartenaient leurs terrains de retraite au même endroit. De cette façon, Justin ne serait plus dans l'environnement. Néanmoins, il ne serait plus au bout de leur nez. Ainsi... C'était ce que je pensais...

Chapitre 44

Les meubles que j'aurais pu récupérer du chalet étaient usagés et démodés. Je n'avais pas le goût de déménager ses vieilleries dans un nouvel appartement. Bien voulante, mais incapable de m'y mettre, je ne pouvais me décider d'aller en acheter des nouveaux afin de décorer ma petite place.

Je passais mon temps libre assise devant la fenêtre à regarder dans le vide, tout en essayant de réconforter mon coeur brisé.

Mon collègue de travail, Peter, annonça son mariage, et m'offrit des meubles, des appareils ménagers,ainsi qu'un lit que sa nouvelle épouse ne voulait pas aménager dans leur nouvelle maison. Je mis de côté mon orgueil et j'acceptai son offre avec beaucoup d'appréciation. Le tout me fut livré le même soir.

Peter et moi étions de bons amis de travail. Il avait assisté à quelques-uns de nos «parties» de fin de semaine, mais avait diplomatiquement refusé de futures invitations, soutenant que sa femme Maura, sa promise, croyait que l'on abusait de la consommation d'alcool. Je ne voulus pas insister sur le sujet alors j'ai laissé tomber.

Mais une idée m'est venue à l'esprit. Justin aurait-il essayé sa fameuse tactique avec Maura?

Peter était un directeur au travail, quoique jamais mon patron, je lui portais main forte à exécuter certains projets si je sentais qu'il en avait besoin.

Il était grand et beau et maintes fois maintenant je me demande pourquoi je n'étais pas tombée amoureuse d'un homme comme lui. Il était tellement compatissant et serviable pendant que j'étais vulnérable et dans le besoin. Mais il était tellement en amour avec son épouse. Peut-être qu'un jour je connaîtrai ce bonheur.

Stimulée par le fait d'avoir un vrai lit me redonna un peu de vie. Je prévoyais aller magasiner, mais à bien y penser, c'était quelque chose dont je n'étais pas prête à faire.

Chapitre 45

Un jour, le travail terminé, je décidai de revenir chez-moi par le plus court chemin; ainsi en prenant un sentier qui me ferait monter une colline à forte pente. Normalement j'utilisais le trottoir, étant consciente que le sentier était abandonné et effrayant.

Le temps était froid mais ensoleillé, alors je m'aventurai à monter la colline afin d'arriver à ma destination plus tôt. J'aurais du prendre mon auto ce matin, mais le plus souvent, je me rendais au travail en marchant car le stationnement au centre ville était très dispendieux.

Presqu'au sommet, j'entendis un miaulement désespéré. Je portai mon attention dans la direction du cri. J'ai vite compris que c'était un chaton qui demandait de l'aide. Le bruit me guida vers un trou très profond entre les roches.

Un jeune chat y était tombé et essayait en vain de sortir. Comme je tendis la main et récupérai le chaton je réalisai que sans moi, le pauvre animal ne s'en serait pas sorti. J'avais sauvé la vie à cet être sans défense. Je le caressai, lui parlai doucement. Finalement, je le déposai à mes pieds. Il trottina quelques pas, s'arrêta et tourna la tête comme s'il voulait me remercier de ma gentillesse puis, il s'enfuit. Je réalisai à ce moment que tout n'était pas fini pour moi. J'avais espoir... j'étais encore utile.

À mon arrivée ce soir là, je décidai de prendre ma vie en main et d'y réussir. En quelques minutes je faisais des rêves: restaurer la chambre de bain, la cuisine, chambre à coucher et enfin recommencer à neuf. Je ramassai ma bourse et j'étais en chemin vers le centre d'achat. Quelle mission!

Installée dans ma toute nouvelle voiture me donnait confiance. Et comme j'en avais de besoin!

En route vers le Centre Nouveau Sudbury, rue Notre-Dame, une droite vers le Boulevard Lasalle et mes rêves s'écroulent! Je me retrouve devant la maison où Justin habite. Je n'y étais pas retournée depuis le jour, qu'accompagnée de ma sœur Reba, j'y avais récupéré mes articles personnels.

À la deuxième rue de la maison, j'aperçus ma rivale. Ses longs cheveux blonds volaient dans le vent. Elle était habillée à la mode d'une prostituée en appel. Sa jupe était si écourtée que j'ai cru percevoir ses sous-vêtements à la hauteur de l'ourlet comme elle se pavanait sur la rue. Son manteau de cuir non attaché me fit croire qu'il était trop serré pour rejoindre le bouton à la boutonnière. Par sa démarche, je conclus qu'elle se rendait visiter Justin.

À ce moment, je me fâchai tout rouge. La colère et la haïne ont soudainement envahi mon corps. Sans réaliser qu'il y aurait des conséquences, j'écrase l'accélérateur de toutes mes forces et j'aligne le volant vers la droite ainsi dirigeant la voiture vers Mia. Dans l'état actuel des choses, je ne me suis pas rendu compte qu'un immense amas de neige séparait le chemin du trottoir.

Je voulais la renverser. Je la voulais meurtrie sous mon auto. Je lui aurais crié «voici ce qui arrive quand tu marches seule sur la rue le soir.» Mais je n'ai jamais pu.

Le seul dommage qui parut du tout, fut envers moi-même. Ce moment de folie m'avait coûté cinquante dollars. Je dû faire remorquer ma voiture sur la route car la force l'avait enfoncée sous la neige.

Cela n'a pas arrangé les choses. Mia n'a jamais eu connaissance de ce qui c'était passé, autre que de s'imaginer qu'une idiote dans une voiture s'était enfoncée dans la neige.

Ma mission de magasinage s'était ainsi terminée. De retour à mon appartement, je consommai le contenu de deux bouteilles de vin. Le lendemain matin je me retrouvai au travail.

L'aventure du soir précédent avait servi à calmer la frustration que je portais dans mon cœur. Je me sentais mieux avec moi-même et je reconnaissais que j'avais eu la chance de m'en sortir sans que ma conduite impulsive m'ait apporté des problèmes plus sérieux. Je décidai alors d'oublier le passé et de sérieusement penser à mon avenir.

J'avais déjà gaspillé plusieurs années de ma vie, à mettre ma confiance, ma bonne foi, ma vie entière dans les mains de quelqu'un qui m'a tout enlevé et en a disposé comme si ça ne valait rien. J'avais vécu que pour lui.

Ces jours là étaient maintenant derrière moi et il fallait que j'envisage le futur sans m'appitoyer sur moi-même. Je reprenais ma vie et je la vivrai pour mon bonheur.

Epilogue

Justin demeura seul quelques semaines. Mia quitta sa famille pour aller vivre avec lui, malgré le désespoir de son père. Légalement, Laurent aurait dû intervenir, mais peut-être que la tendance rebelle de sa fille aurait causé des problèmes plus sérieux. Là au moins il savait où elle était chaque soir.

Typique adolescente qu'elle était, Mia pensait connaître la vie mieux que les adultes qui l'entouraient. La pensée que Justin l'aimait était immuable. L'insistance de ma famille n'a pas réussit à convaincre Mia qu'elle subirait à la longue, le même sort que moi.

Amis et famille gardaient le réseau ouvert et me gardaient au courant de l'étât de la relation amoureuse entre Justin et Mia. Un jour, finalement, je n'étais plus intéressée de savoir ce qui se passait dans leur nid d'amour.

Je croyais que leur trêve amoureuse durerait jusqu'à ce que Mia arrive à maturité ou réalise que les hommes du genre de Justin ne sont pas des donneurs, mais plutôt des preneurs. Question de temps et Justin pourrait séduire une autre victime plus jeune, plus jolie et innocente. Armé de la drogue, il la rendra impuissante à reconnaitre ce qui se passe autour d'elle et à son insu. Et puis encore, mes convictions pourraient être totalement fausses et leur vie ensemble se poursuivrait jusqu'à «ce que la mort nous sépare.» Je pense souvent au vieux proverbe «Ça va et ça revient». Les membres de ma famille ont, avec le temps, je crois, pardonné Mia, plus par amitié pour Laurent et Gloria. Mais la blessure qui a défait notre bien familial quand Justin s'y est infiltré ne guérira jamais au complet.

Je me sens tout de même responsable d'être la cause d'avoir introduit ce traître dans nos vies. Quant à moi je m'en remettrai. Avec beaucoup de temps, ma blessure se cicatrisera. Je ne pourrai jamais être aussi frivole avec mon cœur. Plus prudente à l'avenir, je me ferai méfiante des «playboys» comme Justin.

De fait, je crois que Mia et Justin se méritent l'un et l'autre. Elle est sans doute trop insouciante pour lire ses intentions et il est le personnage parfait pour prendre avantage de la situation.

Peut-être devrais-je trouver en moi de la pitié pour elle, car je constate qu'elle gâche les années les plus précieuses de sa vie, tout comme j'ai fait des miennes. Je devrai pardonner… je ne peux pas et je ne le fais pas… je ne me sens pas prête à ceci pour le moment. Comment pardonner l'impardonnable?

LA FIN